Richard Michaelis

Ein Blick in die Zukunft

Ein Rückblick von Edward Bellamy

Richard Michaelis

Ein Blick in die Zukunft
Ein Rückblick von Edward Bellamy

ISBN/EAN: 9783337360313

Hergestellt in Europa, USA, Kanada, Australien, Japan

Cover: Foto ©Andreas Hilbeck / pixelio.de

Weitere Bücher finden Sie auf **www.hansebooks.com**

Ein Blick in die Zukunft.

Von

Richard Michaelis,

Redakteur der „Chicagoer Freien Presse".

━━━━━━━━━━

Eine Antwort auf:

Ein Rückblick

von **Edward Bellamy**.

━━━━━━━━━━

Leipzig.

Druck und Verlag von Philipp Reclam jun.

Chicago and New York.
Rand, McNally & Company, Publishers.

Vorwort.

Jedes Streben nach der Wahrheit und Besserung unserer Zustände verdient Anerkennung; selbst wenn wir die Richtung und die vorgeschlagenen Maßregeln nicht billigen können. Herrn Edward Bellamys Buch, „Ein Rückblick", stellt einen Versuch dar, die Lage der Menschheit zu bessern und ist deshalb lobenswert; aber wenn wir seine Verbesserungs-Vorschläge des schillernden Mantels entkleiden, mit welchem er sie umgeben hat, so bleibt nichts übrig, als nackter Kommunismus. Und dieser hat sich überall, wo er ohne religiöse Grundlage eingeführt wurde, als ein Fehlschlag erwiesen. Heute ist er nur noch bei Wilden und Menschenfressern „Staatsform".

Chicago war während der letzten vierzehn Jahre der Mittelpunkt der kommunistischen und anarchistischen Bewegung in den Ver. Staaten. Während ich in der „Freien Presse" die Grundsätze, auf welchen das amerikanische Staatswesen beruht, gegen jene aus den überbevölkerten europäischen Industrie-Ländern eingeschleppten Lehren verteidigte, wurde ich sowohl mit diesen sehr vertraut, wie auch mit den Schrullen und Sonderheiten der Gesellschaftsretter, die allen Ernstes glauben, sie seien im Besitz eines unfehlbaren Mittels, mit welchem sie nicht nur alle menschlichen Einrichtungen, sondern auch die Menschen selbst vollkommen machen könnten.

Herr Bellamy vertritt allerdings gemäßigtere Ansichten, als diejenigen, welche Spies und Parsons lehrten; aber er hat dies mit den Anarchisten und Kommunisten von Chicago gemein, daß er unfähig geworden ist, die Einrichtungen, Zustände und Menschen der Jetztzeit gerecht zu beurteilen, daß er die Schwierigkeiten unterschätzt, welche der

Einführung von ihm vorgeschlagener Änderungen entgegen stehen, daß er wirklich glaubt, seine Staatsluftschlösser würden im Handumdrehen greifbare Gebilde werden und daß er sein Wolkenkuckucksheim mit engelgleichen Wesen bevölkert, welche alle menschlichen Schwächen abgelegt haben und unter keinen Umständen ein Unrecht begehen würden. Die Annahme, daß die Männer und Frauen in einem kommunistischen Staatswesen Selbstsucht, Neid, Haß, Eifersucht, Streitsucht und Herrschsucht gänzlich abstreifen würden, ist ebenso vernünftig oder unvernünftig, wie die Annahme, daß ein Mensch 113 Jahre schlafen und alsdann eben so jung und kräftig aufstehen könnte, wie er sich niederlegte.

Welch sonderbare Maßregeln Gesellschaftsretter doch mitunter vorschlagen! Joh. Most möchte im Namen der Gleichheit erst alle diejenigen umbringen, die nicht in allen Dingen seiner Meinung sind. Dann würde er alle Gesetze und alle Beamten abschaffen und dann der Natur ihren Lauf lassen! —

Herr Bellamy dagegen würde, ebenfalls im Namen der Gleichheit, allen tüchtigen und fleißigen Arbeitern einen namhaften Teil dessen rauben, was sie mit ihrer Thätigkeit geschaffen, das Geraubte würde er den ungeschickten, dummen und faulen Arbeitern geben, und das wäre dann, was Herr Bellamy Gerechtigkeit und Gleichheit nennt!

Und um diese angebliche „Gleichheit" zu erringen, würde Herr Bellamy natürlich den Wettbewerb opfern müssen, die Riesenkraft, welche uns alle und Herrn Bellamy mit uns auf die Höhe der Bildung und Gesittung erhoben hat, die das Menschengeschlecht jetzt einnimmt. Es ist wahr, daß der Wettbewerb schwere Mißbräuche im Gefolge gehabt hat und noch heute hat. Aber jede Einrichtung kann zu Mißbräuchen führen und der Umstand, daß ein Ding gemißbraucht wird, beweist durchaus nicht, daß das Ding an sich schlecht ist.

Niemand kann leugnen, daß der Wettbewerb während der Jahrhunderte christlicher Civilisation die geistigen und körperlichen Kräfte der Menschheit hoch entwickelt hat, daß der Wettbewerb während dieser Jahrhunderte alle Menschen zur Einsetzung ihrer höchsten Leistungsfähigkeit angespornt und unser Geschlecht auf eine Höhe gehoben hat, auf welcher dem gewöhnlichen Arbeiter mehr Bequemlichkeiten und Genüsse zugänglich sind, als den Königen, von welchen Homer singt.

Jedes Geschlecht hat an großen Aufgaben zu arbeiten und uns liegt es ob, die Beziehungen des Kapitals zur Arbeit zu regeln, welche besonders schwierig geworden sind, seitdem durch die Entdeckung der Dampfkraft auf den Gebieten vieler Erwerbszweige große Umwälzungen stattgefunden haben.

Wir haben Mittel und Wege zu finden, nicht um die Arbeit zu vermeiden, von welcher Herr Bellamy stets als von einem Übel spricht, sondern um den Hirnkrebs unserer Zeit zu heilen: die beständige Unsicherheit und die Furcht vor Armut. Das können wir aber durch Zusammenarbeiten und durch Versicherungs-Gesellschaften, die auf Gegenseitigkeit begründet sind, ohne daß es für uns nötig wird, in den Kommunismus zurück zu fallen, diese niedrigste Form der menschlichen Gesellschaft.

Die Unvollkommenheit, welche der Menschheit anhaftet, muß naturgemäß auch alle ihre Einrichtungen kennzeichnen und nichts ist daher leichter, als in einem „Rückblick" die Unzulänglichkeit aller Menschen und Dinge nachzuweisen, und alsdann von Engeln bewohnte Luftschlösser zu bauen.

Ich werde jetzt einen „Blick in die Zukunft" thun. Ich werde zeigen, wie Herrn Bellamys hübsche Geschichte enden muß, wenn sie fortgesetzt wird. Ich beabsichtige nachzuweisen, daß Herr Bellamy den Versuch macht, einen Zustand unbedingter Gleichheit zu errichten; dann aber, an der Möglichkeit verzweifelnd, eine Ungleichheit befürwortet, welche in vieler Hinsicht drückender sein würde, als die jetzigen Verhältnisse. Ich werde darlegen, daß unter der Regierungsform, welche Herr Bellamy vorschlägt, Günstlingswirtschaft und Korruption im öffentlichen und Erwerbs-Leben üppig wuchern müßten. Ich werde beweisen, daß in Herrn Bellamys Vereinigten Staaten von menschlicher Freiheit wenig zu finden sein und daß das selbstbewußte, unabhängige amerikanische Volk eine solche Knechtschaft nimmermehr ertragen würde. Und ich werde über jeden vernünftigen Zweifel hinaus nachweisen, daß das Volk in dem von Herrn Bellamy angepriesenen Staatswesen viel ärmer sein würde, als heute.

Ich bestreite durchaus nicht, daß unsere Gesellschaft dringend umgestaltender Verbesserung bedarf; aber ich bin nicht bereit, Herrn Bellamy, Herrn Most oder irgend jemandem blindlings zu folgen, lediglich weil er behauptet, die Menschheit sofort von allen Übeln befreien zu können. Ich beabsichtige nicht, mich kopfüber in die Dunkelheit zu stürzen.

Wenn Herr Bellamy und seine Anhänger sich so sicher fühlen, das tausendjährige Reich menschlicher Glückseligkeit begründen zu können, so mögen sie es versuchen, wie es die Kommunisten der „Amana Society" versucht haben, welche im Staate Iowa eine Gemeinde errichteten mit Gütergemeinschaft auf religiöser Grundlage. Die Regierung der Vereinigten Staaten besitzt noch viele Tausende von Ackern guten Landes, wo Herr Bellamy und seine Freunde sich niederlassen und der Welt zeigen können, wie man die Menschheit im Handumdrehen vollkommen macht! Aber sie sollten vom Volke der Vereinigten Staaten nicht verlangen, daß dieses seine jetzige Regierungsform und seine Gesellschaftsordnung aufgeben solle, ehe Herr Bellamy und dessen Freunde bewiesen haben, daß ihre Heilmittel für die Schäden der Gesellschaft in der That unfehlbar sind.

Chicago, April 1890.

Richard Michaelis

Ein Blick in die Zukunft.

Erstes Kapitel.

Um mich selbst denjenigen Lesern vorzustellen, welche das von Herrn Edward Bellamy herausgegebene Buch „*Looking Backward*" („Ein Rückblick")[1] nicht kennen, teile ich hier in Kürze die bemerkenswerten Ereignisse meines Lebens mit, welche in jenem Werke erzählt worden sind.

Ich wurde am 26. Dezember 1857 in Boston geboren und Julian West getauft. Ich besuchte eine Schule und eine höhere Bildungsanstalt meiner Vaterstadt; da ich aber im Besitze eines bedeutenden Vermögens war, so widmete ich mich keinem Berufe oder Geschäfte. Ich war mit Fräulein Edith Bartlett verlobt, einer jungen Dame von großer Schönheit. Wir hegten die Absicht zu heiraten, sobald mein neues Haus in bewohnbarem Zustande sein würde. Leider wurde aber der Bau vielfach durch Arbeitseinstellungen der Zimmerleute und Maurer unterbrochen und ich bewohnte immer noch das altväterliche Gebäude, in welchem drei Geschlechter meiner Familie gelebt hatten.

Da ich oft durch Schlaflosigkeit litt, hatte ich unter dem Fundamente meines alten Hauses ein Gewölbe herrichten lassen, in das der Lärm der Großstadt, meinen Schlummer störend, nicht dringen konnte. Das Gewölbe war ganz feuerfest und erhielt frische Luft durch eine eiserne Röhre, welche zum Dache des Hauses hinaufreichte.

Um in Schlaf zu verfallen, war ich oft genötigt, mich der Hilfe eines Mesmeristen zu bedienen. So auch am 30. Mai 1887. Nachdem ich zwei Nächte schlaflos verbracht hatte, sandte ich meinen schwarzen Diener Sawyer zu einem Dr. Pillsbury, welcher sich bei ähnlichen Gelegenheiten stets hilfreich erwiesen hatte. Der Arzt war gerade im Begriff die

Stadt zu verlassen, um in New Orleans einen Wirkungskreis zu suchen, und es war daher die letzte Behandlung, die er mir angedeihen lassen konnte. Ich beauftragte Sawyer, mich am nächsten Morgen um 9 Uhr zu wecken und fiel dann unter den Manipulationen des Mesmeristen in einen tiefen Schlaf.

Als ich erwachte, fand ich, daß ich 113 Jahre, 3 Monate und 11 Tage geschlafen hatte.

Ich entdeckte, daß das alte Haus durch Feuer zerstört worden war und daß Sawyer in den Flammen seinen Tod gefunden hatte. Dr. Pillsbury hatte Boston verlassen, die Existenz des unterirdischen Gewölbes war meinen Freunden unbekannt gewesen, das Haus war nicht wieder aufgebaut worden und so hatte ich mehr als hundert Jahre in tiefem Schlafe verbracht, bis ein Dr. Leete, der Bewohner eines Hauses, welches auf einem Teile meines früheren Grundstückes errichtet worden war, im Jahre 2000 mit dem Bau eines Laboratoriums begonnen und bei dieser Gelegenheit mein Gewölbe sowie mich selbst entdeckt hatte.

Ich erfuhr, daß Edith Bartlett mich vierzehn Jahre lang betrauert und dann geheiratet habe, daß Dr. Leetes Gattin Ediths Enkelin und daß seine Tochter Edith demnach die Urenkelin der jungen Dame sei, welche ich vor 113 Jahren heiraten wollte.

Meine ungebrochene Manneskraft widerstand dem gewaltigen Eindrucke, welchen diese Entdeckungen auf mich machten. Ich fühlte mich in dem Hause des Dr. Leete bald heimisch, um so mehr, als die junge Edith in meinem Herzen alsbald den Platz einnahm, welcher einst Edith Bartlett gehört hatte. Und es währte nicht lange, bis Edith Leete, ein romantisch und mitleidsvoll veranlagtes, liebenswürdiges Mädchen, mit Anmut ihre Zustimmung gegeben hatte, die Nachfolgerin ihrer Urgroßmutter, das heißt, meine Braut zu werden.

Aber noch bemerkenswerter als der Wechsel in meinem eigenen Schicksal, waren die Veränderungen, welche auf socialem Gebiete stattgefunden hatten.

Dr. Leete erklärte mir die neue Ordnung der Dinge.

Geschäftliche Unternehmungen einzelner hatten aufgehört. Der Staat besorgt am Ende des 20. Jahrhunderts alles, was früher einzelne Leute oder Gesellschaften und Körperschaften unternommen und geleitet hatten. Alle gesunden Leute, Frauen wie Männer, im Alter von 21 bis 45 Jahren gehören dem Heere der Arbeiter an. Leute über 45 Jahre werden nur ausnahmsweise, in Fällen dringender Notwendigkeit, wieder in Dienst gestellt.

Geld ist abgeschafft worden; aber jeder Bewohner der Vereinigten Staaten erhält einen gleichen Anteil an den Ergebnissen der Arbeit der „industriellen Armee" in Gestalt eines Guthabens-Scheines, eines Stückes Pappe, auf welchem Dollars und Cents verzeichnet sind. In jedem Stadtteile und in jedem größeren Landbezirke befindet sich ein Lagerhaus, in welchem das Volk alles findet, dessen es bedarf. Der Wert der Waren, welche jemand kauft, wird aus seinem Guthabens-Schein herausgestochen und sein Guthaben in den Regierungsbüchern wird mit dem Betrage der gekauften Waren belastet.

Die Mahlzeiten werden von großen Kochhäusern geliefert. Die Wäsche wird in großen Anstalten gereinigt und ausgebessert. Es steht jedermann frei, seine Mahlzeiten daheim oder im Speisehause einzunehmen. Die Auswahl der Gerichte ist groß und man kann im Kochhause auch eigene Speisezimmer haben. Der Preis der Mahlzeiten richtet sich nach den bestellten Speisen, so wie nach dem Orte, wo diese genossen werden.

Jede Familie bewohnt ein eigenes Haus. Die Einrichtung

gehört dem Bewohner. Die Miete richtet sich nach Größe und Einrichtung des Hauses und wird ebenfalls mit einem Kneifzängchen aus dem Guthabens-Schein herausgestochen.

Alle Bewohner der Vereinigten Staaten sind verpflichtet die Schule zu besuchen, bis sie das einundzwanzigste Lebensjahr erreicht haben. Dann werden sie Mitglieder des Arbeiterheeres. Während der ersten drei Jahre ihres Dienstes werden sie Rekruten oder Lehrlinge genannt. Sie müssen die gewöhnlichsten Arbeiten verrichten unter dem unbedingten Befehle ihrer Offiziere oder Aufseher. Über ihr Verhalten wird Buch geführt und die Befähigung wie das Betragen jedes Rekruten angemerkt.

Nach den ersten drei Jahren seines Dienstes kann jeder Rekrut einen Beruf wählen. So viel wie möglich werden die Rekruten in solche Beschäftigungszweige eingereiht, denen sie den Vorzug geben. Zuerst dürfen diejenigen Rekruten wählen, welche die besten Zeugnisse haben. Manche müssen allerdings eine zweite, oder auch eine dritte Wahl treffen, wenn nach einzelnen Berufszweigen ein zu großer Andrang stattfindet. Und noch andere müssen mit solchen Stellungen vorlieb nehmen, welche ihnen von ihren Vorgesetzten angewiesen werden.

Alle Mitglieder des Arbeiterheeres werden nach ihrer Befähigung und nach ihrem Betragen in drei Abteilungen geteilt und Lehrlinge mit besten Zeugnissen können nach dreijähriger Dienstzeit als Rekruten sofort in die erste Abteilung derjenigen Gilde oder Zunft treten, welcher sie sich anschließen wollen.

Der General einer Zunft oder Gilde ernennt alle Offiziere derselben. Die Leutnants müssen den Mitgliedern der ersten Abteilung entnommen werden. Die Hauptleute erwählt der General aus den Reihen der Lieutenants, die Obersten aus den Hauptleuten. Der General selbst wird von den früheren Mitgliedern seiner Zunft erwählt, das heißt, von denjenigen, welche das fünfundvierzigste Lebensjahr überschritten haben. Die früheren Mitglieder aller Zünfte wählen auch die Vorsteher der zehn großen Abteilungen oder Gruppen verwandter Zünfte, in welche das Arbeiterheer eingeteilt ist. Diese Chefs oder Vorsteher werden aus den Generälen der Zünfte gewählt. Die früheren Zunftgenossen erwählen auch den Präsidenten der Vereinigten Staaten, welcher früher Vorstand einer der zehn großen Abteilungen gewesen sein muß. Der Präsident, die Vorsteher der zehn großen Abteilungen des Arbeiterheeres und die Generäle aller Zünfte wohnen in Washington.

Die Angehörigen der Arbeiterarmee haben nicht das Recht bei der Wahl der Offiziere, von welchen sie befehligt werden, mit zu stimmen. Während ihrer vierundzwanzigjährigen Dienstzeit haben sie keine Vertretung; aber wenn sie gegen einen Vorgesetzten Beschwerde führen wollen, so können sie ihre Klage vor einem Richter anhängig machen, dessen Entscheidung endgültig ist.

Die Richter werden vom Präsidenten aus den Reihen der Zunftgenossen gewählt, welche aus dem Arbeiterheere geschieden und mehr als 45 Jahre alt sind. Die Dienstzeit der Richter dauert fünf Jahre.

Gerichtshöfe, Rechtsanwälte, Gefängnisse, Sheriffs, Steuereinschätzer und -einnehmer, und viele andere Beamte sind abgeschafft worden. Verbrecher werden in Heilanstalten als Verstandeskranke behandelt.

Die Bundesregierung regelt alle Thätigkeit. Wenn sie bemerkt, daß nach irgend einem Berufszweige ein starker Andrang von Freiwilligen stattfindet, während andere Zünfte über Mangel an Freiwilligen klagen, so verlängert die Regierung die Arbeitszeit der bevorzugten Gilde und verringert die Zahl der Arbeitsstunden in denjenigen Berufszweigen, welche mehr Freiwillige brauchen.

Die Frauen haben ihre eigenen Offiziere, Generale und Richter, und bilden ein Hilfsheer der Arbeit. Sie erhalten dieselben Guthabensscheine wie die Männer, und da das Kochen, Waschen, sowie das Ausbessern von Haushaltungsgegenständen außerhalb besorgt wird, so haben die Frauen des zwanzigsten Jahrhunderts mehr Zeit für Arbeit, welche Werte erzeugt, als die Frauen am Ende des neunzehnten Jahrhunderts.

Rekruten, welche drei Jahre gedient haben, können in technische, medizinische und andere gelehrte Schulen eintreten; wenn sie aber außer Stande sind, mit ihren Klassen geistig Schritt zu halten, müssen sie wieder austreten. Ärzte, welche von Kranken nicht genügend in Anspruch genommen werden, mithin das Vertrauen ihrer Mitbürger nicht genießen, müssen es sich gefallen lassen, daß ihnen andere Beschäftigung zugewiesen wird.

Wenn Leute die Herausgabe einer Zeitung wünschen, so können sie zusammentreten und gemeinschaftlich genug von ihren Guthabensscheinen an den Staat abgeben, um diesen für den Verlust der Arbeit der Redakteure, Setzer und Drucker zu entschädigen.

Wenn jemand ein Buch herausgeben will, kann er es in seinen Mußestunden schreiben und es drucken lassen, indem er einen Teil seines Guthabensscheines als Bezahlung für Satz, Druck und Papier an den Staat aufgibt. Für die verkauften Bücher erhält er dann ein entsprechendes Guthaben.

Geistliche werden in ähnlicher Weise wie die Redakteure von solchen Leuten besoldet, welche deren Predigten zu hören wünschen.

Krüppel oder andere Leute, welche außer Stande sind, die

den Mitgliedern des Arbeiterheeres obliegenden Pflichten ganz zu erfüllen, erhalten nichtsdestoweniger ihren vollen Anteil an den Arbeitserzeugnissen. Die Thatsache, daß sie Menschen sind, berechtigt sie zu einem vollen Teil an den guten Dingen, welche die Erde bietet; gleichviel ob sie selbst wenig oder gar nichts produzieren können.

Die Staatsregierungen innerhalb des Gebietes der Union sind als nutzlos abgeschafft worden.

Alle anderen civilisierten Völker haben die Arbeit und den Verbrauch ihrer Bürger ähnlich geregelt, wie die Vereinigten Staaten und sie treiben freien Handel miteinander. Am Ende eines jeden Jahres wird das Guthaben der verschiedenen Länder mit solchen Gegenständen ausgeglichen, welche überall verwendbar sind.

Die neue Ordnung der Dinge setzt die Völker in den Stand, ohne alle Sorgen zu leben und die Folge davon ist, daß die meisten Männer und Frauen von gesunder Körperbeschaffenheit 85 bis 90 Jahre alt werden. —

So lautete die Schilderung, welche mir Dr. Leete von der neuen Gesellschaftsordnung in einer Anzahl von Unterredungen machte. Der Doktor spricht sehr begeistert von dem Staate, in welchem er lebt, und steht nicht an, ihn das tausendjährige Reich zu nennen.

Die Besorgnis und Unsicherheit, welche ich in Bezug auf meine eigene Thätigkeit in dem Arbeiterheere empfand, wurden von Dr. Leete beseitigt. Er teilte mir mit, daß mir die Stellung des Professors der Geschichte des neunzehnten Jahrhunderts am Shawmut Kollege in Boston offen stehe. Ich habe dieses Anerbieten angenommen und werde am nächsten Montag mein neues Amt antreten.

Zweites Kapitel.

Als ich zum erstenmale den großen Saal im Shawmut Kollege betrat, in welchem ich meine Vorlesungen halten sollte, gewahrte ich nahe der Saalthür einen Herrn im Alter von etwa vierzig Jahren. Er war zu alt, als daß ich ihn hätte für einen Studenten halten können und da ich ihn nicht gesehen hatte, als Dr. Leete mich den Professoren der Anstalt vorstellte, so war ich einigermaßen neugierig zu erfahren, in welcher Eigenschaft er meine erste Vorlesung mit seiner Gegenwart beehrte.

Der herzliche Empfang, welcher mir von seiten der Professoren zu teil geworden war, die Thatsache, daß die Studenten jeden Platz des großen Saales füllten, wirkten außerordentlich anregend auf mich und nachdem Dr. White, der Präsident der Universität, mich mit einigen schmeichelhaften Bemerkungen als einen lebenden Zeugen der Civilisation des neunzehnten Jahrhunderts vorgestellt hatte, begann ich meine erste Vorlesung vom besten Geiste beseelt.

Meine Rede stand naturgemäß unter dem Einflusse dessen, was Dr. Leete mir in unseren Unterredungen über die vergleichsweisen Vorzüge und Nachteile der Gesellschaftsordnung des neunzehnten und zwanzigsten Jahrhunderts gesagt hatte.

Ich setzte auseinander, daß meine Hörer von mir keine Übersicht der eigenartigen Civilisation in beiden Jahrhunderten erwarten dürften; auch keine Lobpreisungen der jetzigen Ordnung der Dinge. Ich würde nur auf einige Bestimmungen und Einrichtungen verweisen, welche als kennzeichnend gelten können für den Geist der beiden Zeitalter.

Als Merkmal des Zeitgeistes des neunzehnten Jahrhunderts schilderte ich den wahnsinnigen Wettbewerb. In diesem ekelhaften Kampfe sei der Mensch gezwungen worden, zu „übervorteilen, verdrängen, unter dem Werte kaufen und zu teuer verkaufen, das Geschäft zerstören, durch welches sein Nachbar seine Kleinen ernährte, die Menschen verleiten zu kaufen, was sie nicht sollten und zu verkaufen, was sie nicht durften, seine Arbeiter drücken, seine Schuldner peinigen, seine Gläubiger hintergehen," [2] um diejenigen unterhalten zu können, welche er zu ernähren hatte. Ich zeigte, daß es unter den Leuten am Ende des neunzehnten Jahrhunderts „viele gegeben habe, welche, wenn es sich um ihr eigenes Leben gehandelt hätte, es lieber aufgegeben, als durch das Brot ernährt hätten, das sie anderen geraubt."[3] Ich setzte auseinander, daß dieser wahnsinnige und vernichtende Wettbewerb beständig an Geist und Körper der Menschheit gezehrt habe und daß dieses zehrende Fieber noch vermehrt worden sei durch die beständige Furcht vor gänzlicher Verarmung. Das Gespenst der Unsicherheit hätte den Menschen des neunzehnten Jahrhunderts auf Schritt und Tritt verfolgt, es hätte sich mit ihm zu Tisch gesetzt, und wäre mit ihm zu Bett gegangen und hätte ihm zugeraunt: „Arbeite noch so tüchtig, stehe früh auf und mühe dich ab bis zum späten Abend, raube listig oder diene treu — du wirst nie die Sicherheit kennen. Du magst jetzt reich sein und doch kannst du einst in Armut geraten. Hinterlasse deinen Kindern noch so großen Reichtum — du kannst dir nicht die Sicherheit erkaufen, daß dein Sohn nicht einst der Diener deines Dieners wird, oder daß deine Tochter sich nicht um Brot verkaufen muß."[4]

Vor hundertunddreizehn Jahren arbeiteten die Menschen wie die Sklaven bis zur völligen Erschöpfung, ohne dadurch auch nur die Sicherheit vor Verarmung oder vor einem jammervollen Hungertode erwerben zu können. Heut, am

Ende des gesegneten zwanzigsten Jahrhunderts, wandele die Menschheit im rosigen Lichte der Freiheit, Sicherheit, Glückseligkeit und Gleichheit. Die Jugend des zwanzigsten Jahrhunderts genieße in vorzüglichen Schulen einen ausgezeichneten Unterricht und wähle nach Durchmachung einer dreijährigen Lehrzeit frei ihren Beruf. Selbst während ihrer Dienstzeit im Arbeiterheere erlaube ihnen die kurze Arbeitszeit an ihrer geistigen Ausbildung weiter zu bauen und dennoch bleibe ihnen zur Erholung mehr Zeit, als man vor hundert Jahren für vereinbar gehalten hätte mit dem Betriebe der Fabriken, der Landwirtschaft und anderer Berufszweige.

Frei von allen Sorgen, in völliger Übereinstimmung mit den Nebenmenschen, ohne den störenden Einfluß politischer Parteien, im Besitz eines Reichtums, wie er in der Geschichte der Völker niemals erhört wurde, könnten wir in der That sagen: „Der lange, traurige Winter der Gattung ist vorüber. Ihr Sommer hat begonnen. Die Menschheit hat ihre Puppenhülle durchbrochen. Der Himmel liegt vor ihr."[5]

Ich hatte mit Begeisterung, ja, mit tiefer Bewegung gesprochen und erwartete eine mindestens beifällige Aufnahme meiner Rede. Aber nur vereinzelte und kühle Beifallsbezeugungen ließen sich hören, als ich meinen Vortrag beendet hatte. Kaum der vierte Teil der im Saale befindlichen Studenten hatte es der Mühe wert gefunden, Übereinstimmung mit den von mir entwickelten Ansichten auszudrücken und auch diese Wenigen schienen mehr aus Höflichkeit, als aus herzensfreudiger Übereinstimmung ihren Beifall kund gegeben zu haben. Diese frostige Aufnahme war für mich eine solche Enttäuschung, daß ich nicht Mut genug sammeln konnte, mein Katheder zu verlassen und durch die Studenten zu schreiten, während diese den Saal verließen.

Ich machte mir daher an meinem kleinen Pulte zu schaffen,

bis jedermann die Halle geräumt hatte, mit Ausnahme des Herrn, welcher bei meinem Eintritt meine Aufmerksamkeit erregt hatte. Er blieb an der Thür stehen, offenbar meinen Weggang erwartend.

„Sie gehören zur Universität," fragte ich, um meine Befangenheit zu verbergen.

„Allerdings," antwortete er mit einem leichten Lächeln, welches zu weiteren Fragen herausforderte.

„Vermutlich habe ich das Vergnügen, einen meiner Herren Kollegen kennen zu lernen," fuhr ich fort. „Mein Name ist West."

„Bis vor einem Monate war ich Professor Forest, Ihr Vorgänger als Lehrer der Geschichte des neunzehnten Jahrhunderts. Heut bin ich einer der Pedelle und mein Vorgesetzter ist so freundlich gewesen, meiner Sorgfalt gerade diesen Saal zu empfehlen."

Ich hatte während der letzten Tage so vieles Neue und Überraschende gesehen, daß ich nicht so leicht in Erstaunen versetzt werden konnte.

Aber die Mitteilung, daß ein Universitätsprofessor mit der Reinhaltung desselben Saales beauftragt werden könnte, in welchem er vorher gelehrt, klang so unglaublich und eröffnete mir selbst für meine weitere Laufbahn eine so unerfreuliche Aussicht, daß ich meine Bestürzung nicht verbergen konnte.

„Und was hat diesen sonderbaren Stellungswechsel veranlaßt?" fragte ich.

„In meinen Vergleichen betreffs der Civilisation und der Lage der Menschheit im Jahre 1900 und im Jahre 2000 kam ich zu andern Schlüssen, als Sie," antwortete Forest.

„Sie wollen doch nicht etwa sagen, daß die Menschen am

Ende des vorigen Jahrhunderts besser gestellt waren, als das jetzige Geschlecht," fragte ich, gleichzeitig überrascht und neugierig.

„Das ist in der That meine Ansicht," sagte Forest.

„Diese sonderbare Anschauung kann ich mir nur dadurch erklären, daß Sie persönlich keine Kenntnis von den Zuständen haben, welche Ihnen so schätzenswert erscheinen," rief ich aus.

„Ich muß natürlich zugeben, daß ich meine Belehrung aus unserer Bücherei geschöpft habe und daß Sie zur Unterstützung Ihrer Ansichten über die Civilisation des neunzehnten Jahrhunderts Ihre persönliche Erfahrung geltend machen können," antwortete Forest. „Dagegen sind Sie wohl nicht so gut vertraut mit dem gegenwärtigen Stande der Dinge. Die Quelle Ihrer Kenntnis des zwanzigsten Jahrhunderts ist e i n Mann: Dr. Leete. Ich darf deshalb wohl behaupten, daß meine Nachrichten über die Civilisation Ihrer Tage besser sind, als Ihre Kenntnis unserer Zustände, weil ich mich auf mehr Zeugen berufen kann, als Sie."

„Dann werden Sie auch die Ansichten mißbilligen, welche ich in meinem Vortrage entwickelte."

„Ihre Vorlesung wird unzweifelhaft in allen Regierungs-Zeitungen veröffentlicht werden, also in fast jeder Zeitung des Landes," entgegnete Forest, eine unmittelbare Antwort auf meine Frage vermeidend.

„Sie sprechen von Regierungszeitungen," fragte ich erstaunt. „Hat die Regierung Zeitungen und braucht sie Organe?"

„Freilich hat die Regierung Zeitungen. Und es ist ebenso schwierig wie unangenehm, eine Zeitung herauszugeben, welche die Regierung tadelt oder bekämpft. Wir haben deshalb nur sehr wenige solcher Zeitungen."

„Aber Dr. Leete sagte mir doch: „Wir haben keine Parteien oder Politiker, und was das Demagogentum und die Bestechlichkeit anbetrifft, so sind das Worte, die nur noch eine historische Bedeutung haben.[6] Und nun sprechen Sie von Gegnern der Regierung sowie von Zeitungen der letzteren?" Ich sagte dies mit dem Ausdruck des Zweifels in Stimme und Blick, aber Herr Forest wurde dadurch nicht beirrt.

Er brach in ein lautes Gelächter aus und sagte dann: „Entschuldigen Sie, bitte, meine Heiterkeit! aber Dr. Leete ist ein großer Spaßmacher und er ist immer sicher, durch seine Scherze eine Versammlung zum Lachen zu zwingen! In der That! Das ist zu gut! Ich wünsche, ich hätte sein Gesicht sehen können, als er Ihnen diese Offenbarungen zu teil werden ließ."

Und Forest lachte von neuem, daß ihm die Thränen in die Augen traten.

„Ich bitte um Verzeihung, Herr West," fuhr Herr Forest fort, als ich seiner Heiterkeit mit Schweigen begegnete. „Aber Sie würden mich entschuldigen und wahrscheinlich in mein Gelächter einstimmen, wenn Sie Herrn Dr. Leete so gut kennen würden, wie ich und dann hörten, daß er von einem Mangel an Politikern gesprochen hat. Doch ich will gleich hier erklären," fügte Herr Forest in ruhigerem Tone hinzu, „daß ich keine geringe Meinung von Dr. Leete habe. Er ist ein etwas rücksichtsloser Spaßvogel und ein geriebener Politiker; im übrigen aber ein so guter Mann, wie unsere Zeit ihn nur hervorbringen kann."

„Dr. Leete ist ein Politiker?" fragte ich mit neuem Erstaunen.

„Allerdings. Dr. Leete ist der einflußreichste Führer der Regierungspartei in Boston. Seinem Einflusse bin ich es schuldig, daß ich immer noch mit der Universität in

Verbindung stehe."

Forest nahm wahr, daß ich nicht wußte, wie ich diese Erklärung deuten solle und fügte daher hinzu: „Als ich beim Vergleich der Civilisation der zwei Jahrhunderte zu dem Schluß gelangte, daß der Kommunismus sich als ein Fehlschlag erwiesen habe, wurde ich als Verführer und Verderber der studierenden Jugend in Anklagestand versetzt. Das in solchen Fällen übliche Urteil: „Einsperrung in ein Irrenhaus" wurde gefällt. Denn nach Ansicht unserer Machthaber kann nur ein Irrsinniger sich gegen die beste gesellschaftliche Ordnung auflehnen, welche die Menschheit jemals hatte. Dr. Leete erklärte indes, mein Irrsinn sei ein so harmloser, daß meine Einsperrung in ein Tollhaus überflüssig erscheine, zumal sie auch zu kostspielig sei. Ich könnte immer noch meinen Lebensunterhalt verdienen, indem ich im Universitätsgebäude leichte Arbeit verrichte. Dadurch würde ich den Professoren und Studenten als lebendige Warnung dienen, in ihren Äußerungen und Lehren vorsichtig zu sein."

„Die Studenten scheinen Ihre Ansichten zu teilen; denn sie nahmen meine Auseinandersetzungen recht kühl auf," bemerkte ich, um der Unterredung eine andere Wendung zu geben und einer weiteren Besprechung der Eigenschaften meines Gastfreundes vorzubeugen.

Forests durchdringende graue Augen blickten einen Augenblick forschend in die meinigen. Dann sagte er freundlich:

„Ich glaube, daß Sie Ihrer Überzeugung gemäß gesprochen haben, Herr West. Haben Sie aber nicht das Gefühl gehabt, daß Sie Ihrer Zeit und Ihren Zeitgenossen keine Gerechtigkeit widerfahren ließen? Machte es der Wettbewerb, die Konkurrenz denn wirklich nötig, daß jedermann seinen Nachbar betrog, seine Arbeiter auspreßte,

25

seinen Schuldnern die Kehle zuschnürte und anderen Leuten das Brot vom Munde wegriß? Waren denn wirklich die meisten Menschen Ihres Zeitalters Betrüger und Blutsauger? Waren die Arbeiter sämtlich Sklaven, welche tagtäglich arbeiteten, bis sie gänzlich erschöpft waren? Ich weiß aus Zeitschriften und Geschichtswerken recht wohl, daß die Mitglieder großer Gewerkschaften in ihren Tagen oft die Arbeit einstellten, weil sie acht Stunden als ein Tagewerk ansahen und daß sie sich weigerten, gegen gute Bezahlung neun oder zehn Stunden zu arbeiten. Danach hatten sie einen kräftigen, stolzen und unabhängigen Arbeiterstand, und es erscheint fast wie eine Beleidigung, diese Leute als Sklaven zu bezeichnen. Und was die Mädchen anbelangt, so habe ich Klagen darüber gelesen, daß Hilfe für Hausfrauen zu Ihrer Zeit nur schwer zu erlangen war und daß Köchinnen und Stubenmädchen je nach ihrer Leistungsfähigkeit von 2 bis 5 Dollar wöchentlich und Kost erhielten. Es lag also für ein anständiges Mädchen keine Entschuldigung vor, wenn sie sich „für Brot verkaufte." Allerdings war die Civilisation Ihrer Tage weit davon entfernt fehlerlos zu sein. In der That ist nichts auf Erden vollkommen. Aber Ihre Schilderung der Civilisation des neunzehnten Jahrhunderts war in so düsteren Farben gehalten, daß unsere Studenten, welche mit der Geschichte jener Tage nicht ganz unbekannt sind, sich von Ihrer Vorlesung unmöglich konnten begeistern lassen. Dies wäre auch schon deshalb schwierig gewesen, weil viele dieser jungen Leute unsere jetzigen Einrichtungen durchaus nicht so unbedingt bewundern, wie Sie. Ich spreche ganz offen, Herr West, und ich hoffe, daß Sie meinen Freimut entschuldigen werden. Ich möchte Ihnen einen Dienst leisten, indem ich Ihnen unsere Zustände, Einrichtungen und Menschen genau so schildere, wie sie sind."

Der warme Ton seiner Stimme und der freundliche Blick

seiner Augen veranlaßten mich beim Weggehen Forests Hand zu drücken; obschon alles, was er sagte, gegen meine Freunde und gegen meine eigenen Ansichten gerichtet war und mich daher sehr peinlich berührte. Ich ging in gedrückter Stimmung nach Hause, in meinen Gedanken die Einwendungen erwägend, welche Forest gegen meine Vorlesung erhoben hatte.

Ich traf Dr. Leete und die Damen beisammen. Edith fragte mich, ob mein erstes Auftreten als Professor sich meinen Erwartungen gemäß gestaltet habe.

Es war immer mein Grundsatz offen und ehrlich zu sein. Ich teilte daher den Freunden meine Erlebnisse, den wesentlichen Inhalt meiner Vorlesung, deren kühle Aufnahme und meine Enttäuschung mit. Ich erwähnte auch Herrn Forests kritische Besprechung meiner Rede und gestand, daß sein abfälliges Urteil in so fern berechtigt gewesen wäre, als ich die Auswüchse, welche der Wettbewerb bei einzelnen Leuten meiner Zeit erzeugt hatte, der gesamten Menschheit des neunzehnten Jahrhunderts zuschrieb. Die Bemerkungen, welche Forest über Dr. Leete gemacht hatte, erwähnte ich natürlich nicht.

Mein Bericht machte offenbar auf Dr. Leete keinen unbedingt angenehmen Eindruck. Nach einer kurzen Pause sagte er: „Ich meine, daß die rücksichtslose Konkurrenz im letzten Teile des neunzehnten Jahrhunderts notwendiger Weise das ganze Volk mehr oder weniger verderben mußte, — in den meisten Fällen mehr. Deshalb halte ich Ihre Vorlesung für eine ausgezeichnete Darlegung leitender Grundsätze und ich glaube nicht, daß Sie Veranlassung haben, auch nur einen Zoll breit von dem Standpunkte zurückzuweichen, den Sie eingenommen haben. Die kühle Aufnahme, welche Ihnen wurde, darf Sie nicht beirren. Sie ist eine Folge der Forestschen Lehrthätigkeit. Er hat seine irrigen Ansichten in die Köpfe unserer Studenten gesäet,

27

seine blinde Verehrung für den Wettbewerb und seine Abneigung gegen die jetzige Ordnung der Dinge. Es ist jetzt Ihre Aufgabe, die jungen Leute über den vergleichsweisen Wert der beiden Gesellschaftsordnungen aufzuklären. Herr Forest legt durch seine unablässigen Versuche, die Studenten zu verleiten, unserer Geduld schwere Proben auf. — Hat er Ihnen gegenüber den Umstand nicht erwähnt, daß er Ihr Vorgänger war?"

„Er that es, nachdem ich ihn gefragt hatte, ob er ein Mitglied des Lehrerpersonals sei. Er sagte, daß er wegen „Ketzerei" entlassen wurde und daß er seine verhältnismäßig milde Behandlung Ihrer Verwendung verdanke."

„Es ist nicht Forests Art, mit seinem Urteil zurückzuhalten und ich darf demnach annehmen, daß er Ihnen eine nette Schilderung von Dr. Leete entworfen hat," sagte mein Gastfreund lächelnd.

Unter den obwaltenden Umständen schien es mir am zweckmäßigsten, die Äußerungen zu wiederholen, welche Forest über Dr. Leete gemacht hatte, zumal dieselben nicht bösartig, sondern eher schmeichelhaft für meinen Gastfreund waren. Ich kann wohl hinzufügen, daß ich einigermaßen neugierig war zu sehen, was Dr. Leete zu der Behauptung des Herrn Forest sagen würde, daß er ein Politiker und Führer der Regierungspartei wäre.

So sagte ich denn: „Herr Forest lachte herzlich, als ich Ihre Äußerung wiederholte, daß Sie weder Parteien noch Politiker hätten. Er nannte Sie einen Spaßmacher, einen geriebenen Politiker, den Führer der Regierungspartei und einen braven Mann."

Über Dr. Leetes Zügen flog ein etwas grimmiges Lächeln, als er antwortete: „Das ist ein Charakterzeugnis, auf welches ich eigentlich stolz sein sollte, da es von einem zum Krittler gewordenen Kritiker herrührt. Was Forests Behauptung betrifft, daß ich ein Politiker sei, so habe ich darauf nur zu entgegnen, daß ich noch nie ein Amt bekleidete; und daß die Regierung mich in einzelnen Fällen zu Rate zog, macht mich noch nicht zum Führer der Regierungspartei, denn diese Auszeichnung wurde auch andern Bürgern häufig zu teil. Politische Parteien haben wir nicht. Es giebt natürlich einige unverbesserliche Tadler, die, wie Forest, nie zufriedengestellt werden können, und einige radikale Krakehler. Ihnen wird aber wenig Beachtung geschenkt, so lange sie nicht den Frieden des Volkes stören. Thun sie dies, so senden wir sie in eine Heilanstalt, wo ihnen eine angemessene Behandlung zu teil wird."

Obschon auch die letzten Worte im Tone leichter Unterhaltung gesprochen wurden, machten sie doch einen tiefen Eindruck auf mich. „Thun sie dies, so senden wir sie in eine Heilanstalt, wo ihnen eine angemessene Behandlung zu teil wird." Bestätigte das nicht Forests Behauptung, daß die Urteile, welche über Gegner des Kommunismus gefällt würden, fast immer auf Einsperrung in eine Irrenanstalt lauteten?

Meine unangenehmen Gedanken wurden durch Ediths weiche Stimme unterbrochen: „Ich denke, lieber Vater," sagte sie, „Herr Forest ist ein eben so ehrenhafter wie wohlmeinender Mann und man sollte ihm gestatten, seine Meinungen zu äußern, selbst wenn diese irrig oder gar sonderbar sind. Die Studenten werden am Ende ohne Zweifel davon überzeugt werden, daß unsere Gesellschaftsordnung so gut ist, wie sie nur gestaltet werden kann. Außerdem ist es auch so unterhaltend, gelegentlich einmal eine andere Ansicht zu hören."

Mit dem Ausdruck väterlicher Liebe legte Dr. Leete seine rechte Hand auf Ediths reiches Haar und sagte: „Die Damen am Hofe Ludwigs XVI. von Frankreich fanden auch die

Ansichten sehr unterhaltsam, welche die Revolution veranlaßten und vielen der „unterhaltenen" Damen und Herren ihre Köpfe unter der Guillotine kosteten. — Gedanken sind Feuerfunken, die leicht eine Feuersbrunst veranlassen können, wenn sie nicht überwacht werden."

Drittes Kapitel.

Ich hatte mich niemals viel mit Volkswirtschaft befaßt und es war mir demgemäß auch nie in den Sinn gekommen, wirtschaftliche Grundsätze auf ihren Wert zu prüfen. Ob Wettbewerb oder Gütergemeinschaft der Menschheit zuträglicher sei — diese Frage war mir noch nie in den Sinn gekommen. Als daher Dr. Leete in seiner ebenso bestimmten wie ansprechenden Weise erklärte, wie die Gesellschaft nach Beseitigung des Wettbewerbes geordnet wurde, hatte ich nicht einmal erkannt, daß diese Ordnung auf kommunistischen Grundsätzen ruhte. Ich meinte, die Menschheit hätte das tausendjährige Reich errungen und als Dr. Leete mir sagte, daß seine bequeme, ja von Überfluß zeugende Lebensweise die des gesamten Volkes im letzten Jahre des zwanzigsten Jahrhunderts sei, da zweifelte ich nicht, daß jedermann mit der neuen Gesellschaftsordnung zufrieden sein müsse.

Meine kühle Aufnahme seitens der Studenten und meine Unterredung mit Herrn Forest hatten mich aber belehrt, daß nicht alle Bewohner der Vereinigten Staaten im zweitausendsten Jahre des Herrn die jetzige Gesellschaftsordnung für das tausendjährige Reich hielten und ich muß bekennen, daß mich diese Wahrnehmung sehr schmerzlich berührte. Denn ein süßer Friede, eine nie vorher empfundene Ruhe waren in mein Herz gezogen, als Dr. Leete von der grenzenlosen Glückseligkeit erzählte, deren sich die Menschheit im zwanzigsten Jahrhundert erfreute.

Meine neue Stellung legte mir nun die Pflicht auf, mich eingehend mit volkswirtschaftlichen Fragen zu beschäftigen. Allerdings hätte ich einfach die gesellschaftlichen und politischen Zustände in den Vereinigten Staaten am Schlusse des vorigen Jahrhunderts schildern und vor jenem Hintergrunde die neue Ordnung der Dinge loben können; aber das würde mir selbst nicht genügt haben. Ich wollte selbst durch eingehende vergleichende Prüfung erforschen, welche von beiden wirtschaftlichen Richtungen den Vorzug verdiene. Deshalb pflegte ich meine Bekanntschaft mit Herrn Forest, um dessen Gründe gegen die von Dr. Leete vertretenen Lehren kennen zu lernen. Dieser Umgang mit Herrn Forest war insofern für mich kein angenehmer, als mich stets das Gefühl des Unbehagens bei dem Gedanken überkam, daß Forests Anschauungen und Grundsätze sich als die richtigeren erweisen könnten. Denn ein Sieg der von Forest vertretenen Ansichten kam einer Umkehr zu einem Stande der Dinge gleich, welcher mir so gründlich zuwieder war, wegen der Sorgen und Unbequemlichkeiten, die er im Gefolge hatte. Mir erschien Dr. Leetes Staatswesen als ein Paradies, aus dem Forest mich vertreiben wollte.

In meinen nächsten Vorlesungen beschränkte ich mich auf eine genaue Schilderung des „Arbeitsmarktes" in Boston im Jahre 1887. Alle Übertreibungen sorgfältig vermeidend, zog ich aus den vorliegenden Thatsachen nur unbestreitbare Schlußfolgerungen. Ich zeigte, wie Kapital und Arbeit gleichmäßig unter den zahlreichen Arbeitseinstellungen jener Tage gelitten hatten und pries die jetzige Ordnung der Dinge, weil sie solche unsinnige wirtschaftliche Kämpfe unmöglich mache.

Nach Beendigung meiner Vorlesungen unterhielt ich mich stets mit Herrn Forest, welcher ebenso bereitwillig war, über die neue Gesellschaftsordnung zu sprechen, wie Dr. Leete.

„Die Freunde der Regierung nennen mich einen unverbesserlichen Krittler", sagte Forest, „und sie haben recht, obschon sie ihr Urteil in etwas höflichere Worte kleiden und sagen könnten, daß ich zur Prüfung aller Dinge geneigt bin. Ich würde jede Regierung, unter der zu leben mein Schicksal wäre, prüfen und mein Urteil aussprechen; gleichviel, wie gut, oder wie schlecht die Regierung auch wäre. Ich hege keinen Groll gegen die Männer, welche die Vereinigten Staaten heut regieren. Ich gebe sogar zu, daß sie etwas mehr Klugheit, Thatkraft und Duldsamkeit zeigen, als die Mitglieder der Verwaltung, welche vor zwölf Jahren aus dem Amte schied. Es sind eben die leitenden Grundsätze, welche falsch sind und demgemäß müssen auch die Folgen schlecht sein, was immer die Regierung thun mag, die üblen Folgen eines schlechten Systems zu verkleistern."

„Sie meinen demnach, daß das jetzige System durchaus falsch ist?" fragte ich.

„Können Sie daran zweifeln?" antwortete Forest. „Blicken Sie um sich! Ist der leitende Grundsatz in der Schöpfung Gleichheit oder Verschiedenheit? Sie finden oft Ähnlichkeit, nie Gleichheit. Pflanzenkundige haben Tausende von Blättern gesammelt, die auf den ersten Blick ganz gleich erschienen; aber bei sorgfältiger Prüfung fanden sie ganz bestimmte Unterscheidungsmerkmale. Ungleichheit ist Naturgesetz und jeder Versuch, unbedingte Gleichheit herzustellen, ist demnach naturwidrig und unsinnig. Es haben deshalb auch alle derartigen Versuche sich als Fehlschläge erwiesen. Selbst als einige der ersten Christen, von Nächstenliebe geleitet, die Gütergemeinschaft unter sich einführten, war das naturwidrige Unternehmen nicht von Bestand. Selbst der selige Prokrustes konnte mit einer Bettstelle für alle sein Geschäft nicht betreiben; er brauchte deren zwei, für die langen und für die kurzen Opfer, welche ihm in die Hände fielen. Wir könnten eben so wohl anordnen, daß künftighin alle Männer sechs Fuß lang sein, zweiundvierzig Zoll um die Brust messen, eine griechische Nase, blaue Augen, blonde Haare und eine Tenorstimme haben müssen, wie wir versuchen können, alles Leben in einem kommunistischen Gemeinwesen in eine

Gleichheitszwangsjacke zu stecken, in der Erwartung, daß die Menschheit sich da wohl fühlen solle. — Berücksichtigen wir doch nur in Verbindung mit der Verschiedenartigkeit der geistigen und körperlichen Anlagen die Verschiedenheit der Neigung und des Geschmackes, die Mannigfaltigkeit der Berufsthätigkeit und beantworten wir uns dann die Frage, ob die Begründung einer Gesellschaftsordnung auf der Grundlage unbedingter Gleichheit dauern kann."

„Wenn ich mir eine richtige Ansicht von der Gliederung Ihrer Gesellschaft gebildet habe," wandte ich hier ein, „so haben Sie das Anrecht aller Menschen auf einen Lebensunterhalt anerkannt, indem Sie jedermann einen gleichen Anteil an den Arbeitserzeugnissen zugestanden; aber Sie haben auch jedermann die Gelegenheit geboten, einen ihm zusagenden Beruf zu wählen. Sie haben ferner die zu einer Zunft gehörigen Arbeiter in Abteilungen und Grade geteilt, um den Ehrgeiz der Arbeiter nach Erreichung eines höheren Grades anzuregen und Sie haben so eine Verschiedenartigkeit der Stellungen geschaffen, welche der Ungleichheit der Menschen entspricht, die Sie vorhin hervorgehoben."

„So ist es," sagte Forest. „Wir haben zuerst den Grundsatz der Gleichheit festgestellt und alsdann unsere Gesellschaft auf der Grundlage der Ungleichheit gegliedert, wodurch wir die ausdrückliche Anerkennung der Thatsache vermieden, daß die neue Gesellschaftsordnung in der Lehre wie in der Wirklichkeit eine Fehlgeburt ist. Die Frage, welche uns vorliegt, ist eine sehr einfache: „S i n d   w i r   a l l e   e i n a n d e r   g l e i c h ?" Wenn wir es sind, dann ist der Kommunismus die allein richtige Gesellschaftsform und jedermann sollte alsdann einen gleichen Anteil von den Erzeugnissen der gemeinschaftlichen Arbeit erhalten. Sind wir nicht alle einander gleich, sind wir verschieden voneinander an geistigen und körperlichen Fähigkeiten, sind die Arbeitsergebnisse ungleich, dann liegt auch kein vernünftiger Grund vor, weshalb die Arbeitserzeugnisse gleichmäßig verteilt werden sollten. Wir aber verkündigen erst den Grundsatz der Gleichheit und behaupten, daß wir besagter Gleichheit wegen die Arbeitserzeugnisse gleichmäßig verteilen; — und dann teilen wir die sämtlichen „Arbeiter, je nach ihrer Fähigkeit, in solche ersten, zweiten und dritten Grades..... Und in vielen Fällen sind diese Grade noch in eine erste und eine zweite Klasse geteilt.“[7] Hier sehen wir also, daß die Arbeiter in sechs Abteilungen gegliedert werden und zwar aus dem ausdrücklich angeführten Grunde: weil ihre Befähigung eine v e r s c h i e d e n e ist. Daß ihr Fleiß ebenfalls ungleich ist, wird nicht ausdrücklich zugestanden, ist aber nichtsdestoweniger eine Thatsache. Die U n g l e i c h h e i t der Menschen wird also a u s d r ü c k l i c h anerkannt; aber die Arbeitsergebnisse werden im Namen der G l e i c h h e i t g l e i c h m ä ß i g   v e r t e i l t!

„Nun hat ohne Zweifel,“ fuhr Forest mit großem Nachdruck fort, „jedermann ein natürliches Recht auf die Früchte seiner Thätigkeit. Wir nehmen aber dem tüchtigen Arbeiter des ersten Grades einen Teil seiner Arbeitserzeugnisse fort, um sie einem faulen Kerl aus der sechsten Abteilung zu geben. Das ist natürlich offenbare R ä u b e r e i, die sich nicht einmal unter dem schäbigen Mäntelchen eines „Regierungsgrundsatzes“ verbirgt; denn durch die Einteilung der Arbeiter in sechs Abteilungen wegen verschiedener Befähigung erkennen wir ja ausdrücklich an, daß es mit der Gleichheit „nichts ist!“ — Dennoch werden alle Diejenigen, welche diese Beraubung der Fleißigen zu Gunsten der Faulen nicht als Handlung höchster Staatsweisheit bewundern mögen, als Feinde der besten Gesellschaftsordnung verdammt, von welcher die Geschichte der Menschheit uns meldet.“

„Sie sind bis zu einem gewissen Grade ein Verteidiger der Civilisation des neunzehnten Jahrhunderts," antwortete ich. „Nun wurden aber zu unserer Zeit von manchen Wortführern der Arbeiter die Arbeitgeber „Lohndiebe" gehießen, d. h. sie wurden beschuldigt, sie hätten einen zu großen Anteil von dem für die Arbeitserzeugnisse vereinnahmten Gelde für sich behalten und den Arbeitern zu geringen Lohn gegeben. Mir erscheint die gleiche Verteilung alles Eigentums viel empfehlenswerter, als eine Verteilungsart, bei welcher eine vergleichsweise kleine Anzahl von Arbeitgebern sich auf Kosten der Masse des arbeitenden Volkes bereichern konnte."

„Ich bin kein Verteidiger der Civilisation des neunzehnten Jahrhunderts," rief Forest. „Ich behaupte nur, daß der W e t t b e w e r b, unter welchem die Menschheit vor hundert Jahren arbeitete, dem K o m m u n i s m u s, unter welchem wir jetzt arbeiten, weit ü b e r l e g e n ist. Der ungerechte Gewinn der Arbeitgeber, von welchem Sie sprechen, hätte leicht abgeschafft werden können, wenn Ihre Arbeiter sich zu Teilhaber- oder Genossenschaften vereinigt hätten. Vor 100 Jahren gab es kein Gesetz, welches ein Dutzend Schuhmacher hätte hindern können, sich ein Lokal mit Dampfkraft zu mieten, etliche Näh- und sonstige Maschinen zu kaufen und Schuhzeug für eigne Rechnung und Gefahr zu machen. Und es gab kein Gesetz, welches alle anderen Arbeiter hätte hindern können, ihr Schuhzeug nur in solchen Genossenschaftswerkstätten zu kaufen. Wäre dies geschehen, so hätten die Genossen die Gewinne des Fabrikanten, des Großhändlers, des Kleinhändlers und des Arbeiters erhalten, d. h. allen Gewinn, der überhaupt in der Arbeit steckte. Die Arbeiter aller Geschäftszweige hätten sich allmählich zu Genossenschaften vereinigen können, so Arbeitgeber und Arbeiter in einer Person darstellend. — Wenn die Arbeiter es vorzogen, von diesem Recht und von dieser Gelegenheit keinen Gebrauch zu machen; wenn ihnen nicht daran lag, die Sorgen und das Wagnis einer selbstständigen Geschäftsführung auf sich zu nehmen; wenn sie lieber für einen Arbeitgeber thätig waren, diesem die Sorgen und das Wagnis der Geschäftsleitung überlassend; dann hatten sie auch kein Recht, über den Gewinn des Unternehmers zu klagen, der ihnen ja zugänglich war.

„Und wenn die Arbeiter Ihrer Zeit mit ihrem Lohn oder der Behandlung unzufrieden waren, so konnten sie sich andere Beschäftigung suchen, was unsere Arbeiter nicht können, weil der Staat der einzige Arbeitgeber ist. Der Grundsatz, daß jedermann ein gutes Recht auf das hat, was er hervorbringt, ist unter Ihrer Arbeitsweise nie in Frage gestellt worden. Aber wir haben im Namen der Gleichheit und Gerechtigkeit das „Recht" aufgestellt, den Fleißigen zu Gunsten des Faulen zu berauben. Wenn die Arbeiter des neunzehnten Jahrhunderts, anstatt an Arbeitseinstellungen Riesensummen zu opfern, einen Arbeitszweig nach dem andern auf genossenschaftlicher Grundlage eingerichtet hätten, würden sie mit verhältnismäßig geringen Schwierigkeiten das gelöst haben, was sie die sociale Frage nannten. — Uns aber würden sie dadurch bewahrt haben vor der abscheulichen Form, in welcher die Gesellschaft jetzt gegliedert ist und verwaltet wird."

„Die Arbeiterorganisationen und die Ausstände waren nur eine Wirkung der Konzentration des Kapitals, das sich in größeren Massen als je zuvor aufgehäuft hatte," sagte ich, die Ansichten des Dr. Leete betreffs dieser Frage wiedergebend. „Ehe diese Konzentration begann, und als Handel und Industrie noch von unzähligen kleinen Geschäften mit geringem Kapital, anstatt von einer kleinen Anzahl großer Geschäfte mit großem Kapital betrieben wurde, hatte der einzelne Arbeiter dem Unternehmen gegenüber eine verhältnismäßig wichtige und unabhängige Stellung. So lange ferner ein geringes Kapital oder eine neue Idee hinreichten, jemanden ein eigenes Geschäft beginnen zu lassen, wurden Arbeiter beständig zu Unternehmern und gab es keine feste Grenze zwischen den beiden Klassen. Arbeiterverbindungen waren damals unnötig und allgemeine Ausstände konnten nicht vorkommen."[8]

„An Ihrer Stelle, Herr West, würde ich diese Aussprüche des Dr. Leete nicht zu meinen eignen machen," sagte Herr Forest lächelnd. „Der Doctor hat häufig Gelegenheit gehabt, sich betreffs dieser Angelegenheit eines Besseren belehren zu lassen; aber er besteht darauf, seine irrigen Behauptungen zu wiederholen. Ich und andere haben diese Auseinandersetzungen so oft widerlegt, daß es uns schließlich langweilig wurde. „Streiks" sind nicht, wie Dr. Leete zu glauben vorgiebt, verhältnismäßig neue Erscheinungen auf volkswirtschaftlichem Gebiete. Eine der größten Arbeitseinstellungen, von welchen die Geschichte uns berichtet, die *„Secessio in montem sacrum"*, fand schon 494 vor Christi Geburt statt und während der Jahrhunderte des Mittelalters waren Arbeitseinstellungen zur Erlangung höherer Löhne sehr häufig; obschon in jenen Tagen die Arbeit viel besser zusammengegliedert war (in Gilden und Zünfte) als die Geldmacht. Und was die Unmöglichkeit der Arbeiter angeht, Arbeitgeber zu werden, so kann ich Ihnen in der Universitätsbücherei eine deutsche Zeitung zeigen, die „Freie Presse", welche im Jahre 1888 in Chicago erschien und in welcher der Redakteur, bei Widerlegung ähnlicher Behauptungen der Kommunisten jener Tage, auf die Thatsache verweist, daß im Jahre 1888 in Chicago 12 000 Deutsch-Amerikaner wohnten, welche entweder Hausbesitzer, oder Fabrikanten, oder sonst selbständige Geschäftsleute waren. Alle diese Leute waren unbemittelt, meist der englischen Sprache unkundig, nach Chicago gekommen und dort zu Wohlstand, ja viele zu Reichtum gelangt. Dies widerlegt die Behauptung, daß die Unbemittelten sich in der zweiten Hälfte des neunzehnten Jahrhunderts bereits rettungslos in den Krallen der Geldmächte befunden hätten. — Nichts ist leichter, als ins Blaue hinein Behauptungen aufzustellen. Diese Behauptungen zu beweisen, ist oft schwer. Und Dr. Leete ist groß in solchen wilden Angaben."

„Führen Sie aber nicht ein höchst angenehmes Leben?" fragte ich in der Hoffnung, Forests Angriffen auf die neue Ordnung der Dinge ein Ende zu machen, indem ich auf einige unbestreitbare Thatsachen verwies. „Erfreuen Sie sich nicht eines nie dagewesenen Wohlstandes? Haben Sie nicht die Armut gänzlich ausgerottet? Und sind nicht diese Errungenschaften kleine Opfer wert?"

„Wir führen kein höchst angenehmes Leben. Wir erfreuen uns nicht eines nie dagewesenen Wohlstandes. Sie werden sehr bald entdecken, daß Sie sowohl die Art, wie die Früchte unserer Civilisation bedeutend überschätzen. Und was die Vernichtung der Armut anlangt, so läuft diese „Errungenschaft" im wesentlichen darauf hinaus, daß wir die ungeschickten, dummen und faulen Leute mit den Arbeitsergebnissen der geschickten und fleißigen Frauen und Männer bereichern. Das hätten Sie vor 113 Jahren auch leisten können, aber Sie waren nicht so einfältig und ungerecht, eine derartige Räuberei zu begehen."

„Wenn das Volk mit der jetzigen Gesellschaftsordnung unzufrieden ist, so kann es ja eine Änderung vornehmen," entgegnete ich. „Ihren Äußerungen zufolge bilden die Gegner der Regierung keine Partei, die irgend welche Bedeutung hat: denn Sie sagten mir, daß es nur einige Zeitungen giebt, welche die Regierung bekämpfen. Dies scheint mir ein Beweis dafür zu sein, daß das Volk im wesentlichen mit der jetzigen Ordnung der Dinge zufrieden ist."

Forest sah sehr ernst drein als er antwortete: „Sie sind natürlich der Meinung, daß wir uns derselben Freiheit erfreuen, welche Sie vor 113 Jahren genossen. Aber im politischen Leben ist seit jener Zeit alles anders geworden. Ihre Bürger waren von der Regierung ganz unabhängig, die Beamten und solche Leute vielleicht ausgenommen, welche gerade Arbeiten für die Regierung ausführten. Heut greift die Regierung in alles ein und fast jedermann ist mittelbar oder unmittelbar von der Gunst der höheren Beamten mehr oder weniger abhängig. Wer es wagt, die Regierung offen zu bekämpfen, der kann sicher sein, daß ihn, seine Verwandten und seine Freunde der Zorn des Beamtentums trifft. Deshalb ist die Zahl derjenigen sehr klein, welche kühn genug sind, den Grimm der Regierung offen herauszufordern, obschon vielen die jetzige Ordnung der Dinge entschieden mißfällt."

„Weshalb wählt das Volk dann nicht Leute in den Kongreß, welche die jetzige angeblich so unbefriedigende Ordnung der Dinge durch den Erlaß neuer Gesetze ändern?" fragte ich, überzeugt, daß Forest in seiner Krittelwut die dunklen Farben allzu dick aufgetragen hatte.

„Der Kongreß hat heutzutage wenig Einfluß," entgegnete Forest. „Die Macht liegt fast ausschließlich in den Händen des Präsidenten und der Vorsteher der zehn großen Abteilungen. Sie haben fast eine unumschränkte Gewalt, die etwas an die Macht des Zehnerrates erinnert, welcher in Venedig zu der Zeit herrschte, als diese aristokratische Republik auf dem Gipfel ihres Ansehens stand. Da es in ihrer Willkür liegt, jeder Person auf die Dauer von 24 Jahren gute oder schlechte Stellungen anzuweisen, ja selbst Leute von mehr als 45 Jahren wieder in das Arbeiterheer zu stellen und auf diese Weise Mißliebige wieder unter ihre Gewalt zu bekommen, so haben unsere hohen Regierungsbeamten eine Tyrannenmacht, von der auch nur zu träumen keinem

Fürsten Ihrer Zeit eingefallen wäre."

„Sie wissen natürlich," fuhr Herr Forest fort, „daß alle Rekruten während der ersten drei Jahre ihrer Dienstzeit in die Reihe der gewöhnlichen Arbeiter gestellt werden. „Erst nach dieser Periode, während welcher sie für jede Art der Arbeit ihren Vorgesetzten zur Verfügung stehen, dürfen sie einen besonderen Beruf wählen!"[9] Sie werden einsehen, daß die jungen Leute während dieser drei Jahre der Gnade oder Ungnade ihrer Vorgesetzten preisgegeben sind. Diese können einem Rekruten leichte und reinliche Arbeit zuweisen, sie können ihn aber auch an schmutzige, ungesunde Beschäftigung schicken. Widerspruch wird nicht geduldet. Denn „ein Mensch, der fähig ist Dienst zu thun, sich dessen aber hartnäckig weigert, wird zu Isolierhaft bei Wasser und Brot verurteilt bis er sich willig zeigt."[10]

„Sie wissen ferner, daß „über die Leistungen jeder Person Buch geführt, und die besondere Tüchtigkeit erhält ihre Auszeichnung während die Nachlässigkeit ihre Strafe findet."[11] Dr. Leete hat Ihnen auch ohne Zweifel gesagt, daß wir es nicht für weise halten „zu gestatten, daß jugendliche Sorglosigkeit oder Unbesonnenheit, falls sie keine erhebliche Schuld einschließt, die künftige Laufbahn der jungen Leute schädige und allen, welche jenen ersten Grad ohne ernstliche Vergehen durchgemacht haben, steht in gleicher Weise die Wahl des Lebensberufes, für den sie die meiste Neigung haben, offen." Nun werden aber nicht nur Sitten- und Befähigungszeugnisse sorgfältig geprüft, „sondern es hängt auch von der Durchschnittsbeschaffenheit des Zeugnisbuches während der Lehrzeit der Rang ab, den er unter den vollen Arbeitern erhält."[12]

„Obwohl die innere Organisation der verschiedenen Gewerbezweige in Industrie und Ackerbau, der

Eigentümlichkeit ihrer besonderen Bedingungen gemäß, verschieden ist, stimmen sie doch in der allgemeinen Einteilung ihrer Arbeiter je nach ihrer Fähigkeit in solche ersten, zweiten und dritten Grades überein; und in vielen Fällen sind diese Grade noch in eine erste und eine zweite Klasse eingeteilt. Gemäß seinen Leistungen als Lehrling erhält der junge Mann den Rang als Arbeiter ersten, zweiten und dritten Grades..... Die Feststellungen der Rangordnungen „finden in jedem Gewerbezweige in Zwischenräumen statt."[13] .... „Ein besonderer Vorteil eines hohen Grades ist das Recht, welches derselbe dem Arbeiter verleiht, sich innerhalb der verschiedenen Zweige oder Verrichtungen seines Gewerbes eine Specialität auszuwählen."[14] Dr. Leete hat Sie fernerhin wohl auch davon unterrichtet, daß soweit wie möglich „selbst die Neigungen des schlechtesten Arbeiters berücksichtigt werden." .... „Aber obwohl auch die Wünsche der Arbeiter eines niederen Grades Berücksichtigung finden, so weit die Anforderungen des Dienstes es gestatten, so geschieht dies doch erst dann, wenn für die Arbeiter der höheren Grade gesorgt worden ist und so müssen sie oft mit einer, ihnen erst an zweiter oder dritter Stelle zusagenden Wahl vorlieb nehmen, oder es wird ihnen sogar ohne weiteres direkt eine Arbeit übertragen, wenn dies nötig wird. Dieses Wahlrecht tritt bei jeder neuen Feststellung des Ranges in Kraft; und wenn jemand seinen Rang verliert, so läuft er auch Gefahr, die Art Arbeit, welche er liebt, mit einer anderen vertauschen zu müssen, welche ihm weniger gefällt."[15] .... Die hohen staatlichen Ämter sind „nur den Männern des ersten Grades zugänglich."[16]

„Diese Bestimmungen beweisen die Richtigkeit dessen, was ich über die Gewalt der Regierung sagte. Die Lieutenants, die Hauptleute und die Obersten werden von den Zunftgeneralen ernannt, welche wiederum unter dem Befehl der zehn Vorsteher der zehn großen Abteilungen stehen. Diese Beamten können ihren jungen Freunden, welche als Rekruten in das Arbeiterheer treten, leichte Arbeit und gute Zeugnisse geben und sie können diese jungen Freunde in den Stand setzen auf Grund ihrer guten Zeugnisse, sobald sie die ersten drei Jahre ihrer Dienstzeit zurückgelegt haben, sofort in die erste Abteilung des ersten Grades einer Zunft zu treten. Und ein solcher Günstling einflußreicher Leute kann, nachdem er eine angenehme Rekrutenzeit verbracht hat und sofort in die erste Abteilung des ersten Grades einer Zunft befördert worden ist, alsbald zum Lieutenant ernannt werden und die Laufbahn zu den höchsten Ehren in wenigen Jahren durchmachen. — Sie können nicht leugnen, Herr West, daß unsere gesetzlichen Bestimmungen eine solche Günstlingswirtschaft ermöglichen."

Ich mußte zugeben, daß solche Vorkommnisse möglich wären.

Herr Forest fuhr fort: „Andererseits können solche jungen Leute, welche nicht die Söhne oder Freunde unserer Regierungslichter sind, sich sehr glücklich schätzen, wenn sie in einer Stellung des zweiten Grades mit einem Zeugnis unterkommen, welches die Hoffnung auf weitere Beförderung nicht ausschließt. Verwandte von ausgesprochenen Gegnern der Regierung können in die zweiten Abteilungen der dritten Grade der verschiedenen Zünfte gestellt und ihre Zeugnisse können so geführt werden, daß alle Hoffnung auf Erlangung einer höheren Stellung ausgeschlossen ist. Und solche Günstlingswirtschaft ist nicht nur möglich, sie besteht in vollem Umfange. Die Söhne und Verwandten von Leuten, welche als Gegner der Regierung bekannt sind, führen ein Dasein, schlechter als das von Sklaven und werden oft wie Fußbälle behandelt."

„Giebt es keinen Gerichtshof, vor welchem sie Klage führen

können?" fragte ich.

„Ja. Ungerecht behandelte Frauen oder Männer können vor einem Richter Klage führen," antwortete Herr Forest. „Aber die Richter niederen Grades sind einfach Leute, welche das fünfundvierzigste Lebensjahr zurückgelegt haben und vom Präsidenten auf fünf Jahre zu Richtern ernannt worden sind. Diese entscheiden, wie Dr. Leete Ihnen mitgeteilt haben wird, in allen Fällen, in welchen ein Mitglied des Arbeiterheeres gegen einen Vorgesetzten Klage wegen Ungerechtigkeit führt. Alle solche Fragen werden von einem einzelnen Richter e n d g ü l t i g entschieden; drei Richter werden nur in besonders schweren Fällen berufen.[17] — Die vom Präsidenten zu Richtern ernannten Leute sind natürlich Vertrauensmänner und Freunde der Regierung und man kann von ihnen nicht erwarten, daß sie bei solchen Klagen gegen die Beamten der Regierung und zu Gunsten eines „Widersetzlichen" entscheiden sollten. Und da solche Beschwerden endgültig entschieden werden, ohne daß dem Kläger das Recht zusteht, vor einem höheren Gerichtshofe Berufung einzulegen, so bleibt dem ungerecht behandelten Mitgliede des Arbeiterheeres nichts weiter übrig, als auf seinen alten Posten zurückzukehren, wo sein Vorgesetzter, gegen den es geklagt hat, es natürlich nicht besser behandelt als zuvor. Im Gegenteile muß der „Widersetzliche" es in den meisten Fällen schwer entgelten, daß er gegen einen Offizier Klage geführt hat. Bei der nächsten Neueinteilung in Abteilungen und Grade kann der Offizier den unglücklichen Menschen in die zweite Abteilung des dritten Grades stecken, wenn er nicht schon dahin degradiert war. Jedenfalls kann der erzürnte Offizier dem Mißvergnügten die schmutzigste, ungesundeste Arbeit zuteilen."

Dieses von Forest entworfene Bild der Zustände im Arbeiterheere erschien mir um so entsetzlicher, wenn ich es mit den rosenfarbenen Schilderungen des Dr. Leete verglich. Ich war davon so erschüttert, daß ich mich zu einem Versuch nicht aufraffen konnte, gegen die Schilderungen und Schlüsse meines Vorgängers in der Professur anzukämpfen.

Nach einer kurzen Pause fuhr der jetzige Pedell fort: „Nun erwägen Sie in Verbindung mit den Thatsachen und Einrichtungen, die ich eben erwähnt habe, daß die Arbeiter „kein Stimmrecht ausüben oder irgendwie bei der Wahl ihrer Vorgesetzten hineinreden dürfen.“[18] „Der General eines Gewerbes vollzieht die Ernennung für die Rangstufen unter ihm, aber er selbst wird nicht ernannt, sondern durch Stimmenmehrheit gewählt, ... d. h. von denjenigen, welche in der Zunft gedient und ihre Entlassung erhalten haben.“[19] So, mein lieber Herr West, sind also die Angehörigen des Arbeiterheeres vierundzwanzig Jahre lang der Gnade oder Ungnade ihrer Vorgesetzten gänzlich preisgegeben. Wenn sie während dieser Zeit leichten Dienst haben wollen, müssen sie allen Befehlen blindlings gehorchen und mit allen ihnen zu Gebote stehenden Mitteln nach Gunst streben. Sie müssen ihre stimmberechtigten Freunde beeinflussen, damit diese nicht nur für die Regierung stimmen, sondern das auch in möglichst demonstrativer Weise thun. Gelegentliche Geschenke von Wein und Cigarren erregen bei manchen Offizieren freundliche Gefühle. Verabsäumt das Mitglied des Arbeiterheeres alle diese Schritte und Maßregeln, so kann es, unter Umständen, vierundzwanzig Jahre lang ein Leben führen, mit welchem verglichen das Schicksal eines Plantagensklaven oder eines Kohlengräbers vor 150 Jahren als beneidenswertes Dasein erscheinen muß. Denn ein Plantagenneger stellte für seinen Eigentümer einen wertvollen Besitz dar, der nicht leichtsinnig gefährdet werden durfte, während der Kohlengräber seine Arbeit aufgeben und sich anderswo Beschäftigung suchen konnte, wenn ihm seine Arbeit oder die ihm widerfahrene Behandlung nicht behagten. Ein Mitglied des Arbeiterheeres dagegen, welches sich den Zorn des einen oder des andern Offiziers zugezogen hat, oder welches auf die Liste der Feinde der Gesellschaft gesetzt worden ist, weil seine stimmfähigen Verwandten gegen die Regierung gestimmt haben, — ein solches Mitglied der „industriellen Armee" führt ein Leben, welches man sehr wohl „vierundzwanzig Jahre der Hölle auf Erden" nennen darf.

„Sie ersehen hieraus, Herr West, weshalb der Kongreß keinen Einfluß hat. Die große Mehrzahl seiner Mitglieder ist beständig bemüht, für sich selbst, für Verwandte und für Freunde Gunstbezeugungen dadurch zu erlangen, daß sie der Regierung in jeder Weise entgegenkommen. Und dies ist die Gleichheit der besten Gesellschaftsordnung, deren die Menschheit sich jemals erfreute! Dies ist, was Dr. Leete das tausendjährige Reich menschlicher Glückseligkeit nennt."

Viertes Kapitel.

„Es steht durchaus im Einklange mit den Naturgesetzen und ist deshalb recht," begann Forest unsere nächste Unterredung, „daß ein Mann seinem Sohne, seinen Verwandten und seinen Freunden beisteht und ihnen im Leben vorwärts hilft. Einen Mann, der das thut, würde ich nie tadeln; sondern im Gegenteile diejenigen, welche das unterlassen, was ich für die Pflicht jedes Mannes halte. Selbstverständlich müssen aber der Sohn, die Verwandten oder die Freunde befähigt sein, die Stellungen auszufüllen, für welche sie in Vorschlag gebracht werden. — Ich entsinne mich, daß einige Geschichtsschreiber über die Günstlingswirtschaft geschrieben haben, welche zu ihrer Zeit bei der Vergebung von Bundesämtern geherrscht haben soll und daß besonders General Grant beschuldigt wurde, alle Zeit seine Verwandten und Freunde bei Anstellungen bevorzugt zu haben. Das aber gefällt mir gerade an dem großen Feldherrn, daß er an seinen Freunden so unerschütterlich festhielt und ich entschuldige deshalb um so lieber die Mißgriffe, die er mitunter bei der Auswahl der Beamten machte. Denn diese Mißgriffe wurden veranlaßt durch sein gutes Herz, das seinen Freunden immer treu und mitunter geneigt war, deren Befähigung und Ehrenhaftigkeit zu überschätzen. Wenn die Bande des Blutes und der Freundschaft nicht mehr zusammenhalten, worauf sollen wir dann noch vertrauen? Und da jedermann naturgemäß die Gesinnung und die Befähigung seiner Verwandten und Freunde besser kennen muß, als die Eigenschaften andrer Leute, so ist es ganz in der Ordnung, daß er die ihm Nahestehenden, deren Befähigung er kennt, zunächst anstellt."

„Einer der vielen großen Schäden, an welchen unser öffentliches und gewerbliches Leben krankt, ist der Umstand, daß unter ihm nicht nur die Günstlingswirtschaft, sondern auch die Korruption im größten Umfange wuchern m u ß. Vor hundertunddreizehn Jahren konnten die Männer, welche an der Spitze der Vereinigten Staaten standen, oder solche, die in den nächsten Regierungskreisen Einfluß hatten, mitunter nach Willkür Stellungen besetzen, in welchen für wenig Arbeit ein gutes Gehalt bezahlt wurde; aber solcher Ämter gab es nur verhältnismäßig wenige. Die Zahl der von der Bundesregierung angestellten Beamten betrug, wenn ich nicht irre, nur etwa 80 000 und die Mehrzahl dieser 80 000 Ämter bestand aus kleinen Postmeisterstellungen. Diese Postmeister in kleinen Dörfern und Landbezirken erhielten gar kein Gehalt, sondern einen Teil des Geldes, welches sie für verkaufte Briefmarken einnahmen und dieses Einkommen war ein so bettelhaftes, daß nur Kaufleute, welche ohnehin den Tag über in ihren Läden zubrachten und die „Ehre" nebst dem kleinen Gewinn so nebenbei mitnahmen, ein solches Bundesamt annehmen konnten. Dazu kam, daß die verhältnismäßig geringe Anzahl solcher Bundesämter, welche als „Sinekuren" bezeichnet werden konnten, alle vier oder spätestens alle acht Jahre neu besetzt wurden. Unsere Regierungen haben aber ein längeres Leben. Diejenige, welche zuletzt abwirtschaftete, hat sechsundzwanzig Jahre gedauert. Und die Zahl der Stellungen, welche unsere Regierung zu vergeben hat, ist sehr groß. Für je zwölf Frauen oder Männer haben wir einen Aufseher oder Lieutenant; von den Hauptleuten, Obersten usw. gar nicht zu reden. Und was wir gar auf dem Gebiete der Schreiberei leisten, ist einfach ungeheuerlich. Wie sie vermutlich wissen, führen wir sowohl in der Arbeits- wie in den Verteilungsabteilungen Buch; ja noch mehr: jeder Bewohner und jede Bewohnerin der Vereinigten

Staaten hat in den Regierungsbüchern ein Soll und ein Haben!"[20]

„Angesichts unserer großen und beständig wachsenden Bevölkerung ist das, wie Sie wohl einsehen werden, eine Riesenarbeit. Sie wissen ja, daß das nordamerikanische Gebiet, welches früher unter englischer Regierung stand, mit den Vereinigten Staaten vereinigt wurde und daß unsere Bevölkerung sich nach der Zählung von 1990 auf 414 000 000 belief. Sie wird jetzt auf 500 000 000 Menschen geschätzt."[21]

„Die ungeheuer umständliche Buchführung, welche durch den Kommunismus notwendig gemacht wird und die Kürze der Arbeitszeit, welche die Buchhalterinnen und Buchhalter als Günstlinge der Parteiführer genießen, machen es notwendig, daß für je fünfzig Menschen ein Buchhalter angestellt wird. Unter der letzten Regierung hatten wir sogar für je zweiundvierzig Einwohner einen Rechenkünstler. Dies giebt der Regierung Gelegenheit, nach eigener Willkür 10 Millionen Frauen und Männern reinliche und bequeme Arbeit zuzuerteilen. Zu diesen 10 Millionen guten Stellungen müssen Sie noch etwa eben so viele Offiziersposten im Arbeiterheere und die Stellungen in den Warenniederlagen der Regierung rechnen; von andern begehrenswerten Anstellungen gar nicht zu reden. Hiernach können Sie ohne weitere Erklärung die außerordentliche Macht ermessen, welche die Regierung durch die Anstellungsgewalt allein ausübt und welche Versuchung die Ausübung dieser unerhörten Macht im Gefolge hat."

„Ist es denn nicht notwendig," fragte ich, „daß diejenigen, welche sich um eine an Verantwortlichkeit reiche Stellung, wie die eines Buchhalters, bewerben, die nötigen Studien machen und eine Prüfung ablegen müssen, ehe sie so wichtige Pflichten übernehmen?"

„Das Buchhalten bildet einen Teil des Lehrplans in unsern Schulen," antwortete Forest. „Übrigens wird die Buchhalterei bei uns nicht sehr gewissenhaft besorgt. Deshalb lastet die Verantwortlichkeit nicht allzu schwer auf den Schultern der Günstlinge unserer Regierung, und ich glaube nicht, daß einer der Bevorzugten sich dieserhalb Sorgen macht. Es ist natürlich für jemanden, der außerhalb des Regierungskreises steht, nicht möglich, mit Bestimmtheit zu sagen, wie schlecht die Bücher geführt werden. Als indes die letzte Regierung vor zwölf Jahren aus dem Amte schied, wurde ein schier unergründlicher Pfuhl von Verderbnis und Betrügereien aufgedeckt. Der Wert aller vorhandenen Warenbestände wurde festgestellt und es wurde ermittelt, daß Güter im Werte von 432 000 000 Dollar fehlten. Die Mitglieder der abgesetzten Regierung erklärten allerdings, daß diese Angaben falsch und nichts als böswillige Verleumdungen seien, daß die neue Regierung Buchhalter eigens zu dem Zwecke angestellt habe, einen Diebstahl von mehr als vierhundert Millionen Dollars herauszurechnen, nur damit die Mitglieder der früheren Verwaltung als Schurken politisch tot gemacht würden. Die abgegangenen Beamten gaben zu, daß Waren fehlen könnten, weil die Angestellten in den Warenhäusern stets reichliches Maß und Gewicht gegeben hätten; doch könnte dieser Fehlbetrag nicht als ein Beweis der Unehrenhaftigkeit der letzten Regierung gelten und nimmermehr die Riesensumme von 432 000 000 Dollar erreichen. Andererseits bestanden aber die neuen Beamten auf ihren Angaben und schrieben den Fehlbetrag der Korruption unter der letzten Regierung zu, deren Mitglieder mehr Waren entnommen hätten, als ihnen zukam, ohne daß aus ihren Anteilscheinen der entsprechende Betrag herausgestochen wurde."

Ich fragte Forest, was er von diesen Beschuldigungen und Gegenbeschuldigungen halte.

„Ich glaube, sie sind bis zu einem gewissen Grade nur zu wohl begründet," sagte mein Amtsvorgänger. „Die Versuchung unter unserem elenden System ist eben für viele Menschen zu groß. Daß die Führer der Regierungspartei ihren Verwandten und Freunden die besten Stellungen geben, würde ich durchaus nicht tadelnswert finden, wenn die Angestellten die ihnen übertragenen Ämter gut verwalten könnten. Aber die 20 000 000 besten Stellungen im Lande sind durchaus nicht mit den besten und tüchtigsten Frauen und Männern besetzt. So weit diese Ämter und Stellen nicht den Verwandten und nächsten Freunden der höchsten Beamten verliehen sind, werden sie an die Angehörigen der eifrigsten und einflußreichsten Anhänger der Regierung vergeben. Und selbst das würde erträglich sein, wenn die Günstlingswirtschaft da ein Ende erreichte, an der Grenze der Verderbtheit und drückenden Willkür. Aber sie geht noch viel weiter."

„Klagen Sie die jetzige Regierung und deren Freunde der Korruption und Tyrannei an?" fragte ich, entschlossen, meinen weiteren Unterredungen mit Herrn Forest ein Ende zu machen, falls dieser entehrende Anklagen gegen meinen Gastfreund vorbringen sollte.

„Ich spreche von dem jetzigen Regierungssystem und erwähne nur Thatsachen, oder Handlungen, welche ich nachweisen kann," antwortete Forest. „Ich klage niemanden an lediglich weil ich daran Vergnügen finde. Ich fühle, daß Ihre Frage auf Dr. Leete Bezug hat und obschon sie nicht unmittelbar gestellt wurde, werde ich sie doch offen beantworten. Ich halte Dr. Leete für einen der besten und ehrenhaftesten unter unseren Parteiführern, aber auch er macht von den Vorteilen Gebrauch, welche unter unserem System den Machthabern so leicht zugänglich sind."

„Wollen Sie die Güte haben, Ihre Behauptung zu beweisen," sagte ich ruhig, aber bestimmt.

„Ich werde es Ihrem Urteil überlassen, zu entscheiden, ob ich in meinen Behauptungen zu weit gegangen bin," fuhr Forest fort. „Hat Dr. Leete Ihnen nicht mitgeteilt, daß er schon „seit langen Jahren vorhatte in dem großen Garten neben diesem Hause ein Laboratorium für chemische Zwecke zu bauen?"[22] Und hat er Ihnen nicht erzählt, daß er Arbeiter kommen ließ, und daß diese das Gewölbe ausgruben, in welchem Sie schliefen?"[23]

„In der That! Dr. Leete sagte, daß er ein chemisches Laboratorium zu bauen beabsichtigte," gab ich zu. „Gestattet ihm aber sein Guthabensschein nicht eine solche Ausgabe?"

Forest sah etwas erheitert aus, als er mich fragte, ob ich jemals gesehen hätte, wie groß der Gesamtbetrag des Jahresguthabens wäre. Ich gestand, daß ich dies nicht wüßte. Die Lebensweise des Dr. Leete zeugte von Überfluß und erschien mir gut genug für selbst hochgestellte Ansprüche. Ich hatte mir deshalb noch nie die Frage nach dem genauen Betrage seiner Einnahmen vorgelegt.

„Wenn es Ihnen genehm ist," sagte Forest, „wollen wir über den Volkswohlstand zu einer anderen Zeit sprechen. Heut wollen wir uns darauf beschränken, die Neigung des Kommunismus zur Erzeugung von Günstlingswirtschaft, Bestechlichkeit, Knechtssinn und Tyrannei zu untersuchen. — In Bezug auf Dr. Leete steht fest, daß er sich ein chemisches Laboratorium bauen läßt, trotzdem dies Unternehmen in offenbarem Widerspruch steht zu den Zwecken und dem Geist unserer Einrichtungen. In dem Erdgeschosse dieser Universität befindet sich ein sehr gutes derartiges Laboratorium und Dr. Leete hätte sicherlich nach Gefallen in demselben experimentieren können, wenn er um die Erlaubnis hierzu nachgesucht hätte. Schon sein Einfluß würde ihm diese verschafft haben. Aber seine Eitelkeit veranlaßt ihn, ein überflüssiges Gebäude errichten zu lassen, welches den Radikalen als ein neuer und sichtbarer Beweis für ihre Anklagen gegen die herrschende Parteisippe dienen wird."

„Von welchen Radikalen sprechen Sie?" fragte ich.

„Ich rede von den radikalen Kommunisten, welche die jetzige Regierung bekämpfen, weil sie alle religiösen Gebräuche, die Ehe und das wenige persönliche Eigentum abschaffen wollen, dessen Besitz jetzt noch gestattet wird. Von unseren politischen Parteien und von deren Grundsätzen werden wir später sprechen. Ich wollte Sie nur von der Thatsache überzeugen, daß Dr. Leete zu seinem eigenen Gebrauche und in offenbarem Widerspruch mit den kommunistischen Grundsätzen ein chemisches Laboratorium errichtet, eine sehr kostspielige Anstalt, welche mit den Guthabensscheinen von zehn Leuten nicht hergestellt werden könnte und daß er auf diese Weise den Tadel aller Regierungsgegner herausfordert."

„Kann Dr. Leete nicht eine angemessene Miete für das Laboratorium bezahlen?" fragte ich. „Ich sollte meinen, daß der vorhandene Überschuß der Arbeitskräfte nicht besser benutzt werden könnte, als zur Errichtung von Gebäuden, deren Miete alsdann das Staatseinkommen erhöht."

„Wir haben aber keinen Überschuß von Arbeitskräften, wie Sie alsbald erfahren werden," sagte Forest. „Und stellen Sie sich nebenher einmal vor, was geschehen würde, wenn jeder Bürger einen ähnlichen Aufwand für Bauarbeiten und für die Anschaffung von Instrumenten beanspruchen würde. Sie werden einsehen müssen, daß Dr. Leete eine Ausnahmestellung beansprucht, was nach Anmaßung und Günstlingswirtschaft aussieht. Er mißbraucht die Macht seiner Stellung und erregt dadurch böses Blut."

Ich konnte gegen diese Auseinandersetzungen Forests nichts Haltbares vorbringen und schwieg deshalb.

„Aber Günstlingswirtschaft und gelegentlicher Mißbrauch der Regierungsgewalt zu Gunsten von Leuten wie Dr. Leete sind noch nicht die schlimmsten Erscheinungen in unserem öffentlichen Leben," sagte Forest weiter. „Auch die Thatsache, daß einflußreiche Männer häufig Geschenke von Seide, Pelzen und goldenen Schmucksachen für ihre Frauen und Töchter, sowie von Wein und Cigarren für sich selbst seitens solcher Leute erhalten, welche die Fürsprache der Einflußreichen brauchen, könnte ertragen werden, obschon solche Vorkommnisse ein offenbarer Beweis für eine gewisse Verderbtheit im öffentlichen Leben sind. Die schlimmsten Folgen dieses verdammenswerten Kommunismus sind die Tyrannei und rücksichtslose Verfolgung aller Gegner der Regierung auf der einen Seite, und der Knechtssinn, die Schmeichelei und Verleumdungssucht auf der anderen Seite. Jeder Mann und jede Partei, welche eine erstrebte Stellung erreicht haben, werden sich in derselben gegen alle Angriffe ihrer Gegner zu behaupten suchen. Sie werden die Freunde belohnen, von welchen sie unterstützt werden und ihre Gegner zurückzudrängen suchen. Deshalb ist es sehr gefährlich, eine große Regierung mit einer Gewalt zu bekleiden, welche die Herrschenden in den Stand setzt, das Volk in seiner täglichen Erwerbsthätigkeit sein Lebenlang in Abhängigkeit von der Gunst seiner Beamten zu erhalten."

„Nach Ihrer Beschreibung erscheint die gegenwärtige Ordnung der Dinge unerträglich," sagte ich.

„Wenn Sie unter den Mitgliedern der verschiedenen Zünfte, besonders unter den Ackerbauern, Nachfrage halten," entgegnete Forest, „so werden Sie finden, daß ich die Zustände genau so schildere, wie sie sind. Jedes Mitglied des Arbeiterheeres weiß, daß Befähigung und Fleiß allein nur in Ausnahmefällen genügen, um jemanden zu einer erstrebten Stellung zu verhelfen. Politischer Einfluß ist der allmächtige Hebel, der allein uns zu höheren Stellungen hinaufbefördern kann und um diesen Einfluß zu erlangen, muß der Arbeiter zum Kriecher, zum Schleicher, zum Angeber seiner Kameraden und zum Bestecher seiner Vorgesetzten werden; ja er muß auch alle stimmfähigen Verwandten und Freunde beschwören, sich ihrer Selbständigkeit zu entäußern und alle Maßregeln, sowie alle Mitglieder der Regierung zu unterstützen.

„Wenn die Mitglieder des Arbeiterheeres ihre Offiziere oder Aufseher wählen könnten," fuhr Herr Forest in seinen Auseinandersetzungen fort, „dann würde voraussichtlich die Disciplin in der „industriellen Armee" nicht so strikt sein; aber selbst eine gelegentliche Auflehnung der Leute gegen die Beamten würde dem jetzigen Stande der Dinge vorzuziehen sein, unter welchem Alle, die sich den Groll ihrer Vorgesetzten zugezogen haben, ein entsetzliches Dasein führen. Die Selbstmorde werden deshalb alljährlich zahlreicher und die Zahl derjenigen, welche ihrem Leben ein Ende machen, ist jetzt viermal so groß, wie zu Ihrer Zeit."

„Vor 113 Jahren wurde auf die große Zahl der Selbstmörder in den europäischen Heeren aufmerksam gemacht," bemerkte ich nachdenklich. „Diese Leute töteten sich, obschon sie in Bezug auf Kleidung, Nahrung und Wohnung keinen Mangel litten."

„Allerdings," bestätigte Forest. „Die notwendigen Lebensmittel ohne Freiheit haben nur geringen Wert. Viele Soldaten Ihrer Tage machten ihrem Leben ein Ende, weil sie ein Dasein ohne Freiheit nicht führen mochten. Sie warfen das Leben von sich, trotzdem ihre Dienstzeit nur zwei, drei oder fünf Jahre dauerte und sie in Friedenszeiten einen verhältnismäßig leichten Dienst hatten. Der Dienst in unserem Arbeiterheere dauert die besten 24 Jahre unseres Lebens. Die Männer und Frauen sind während dieser langen Zeit der Willkür ihrer Vorgesetzten preisgegeben und sie können, wie ich schon hervorhob, gegen jahrelange

Mißhandlung durch den einen Angestellten der Regierung nur bei einem andern Angestellten der Regierung Klage führen. Und diese sogenannten „Richter" entscheiden solche Fälle endgültig meist dadurch, daß sie die Kläger auffordern, wieder an ihre Arbeit zu gehen und sich mit der Zufriedenheit ihrer Vorgesetzten die Aussicht auf Beförderung zu erwerben."

„Sie sprachen von Politikern, Herr Forest," fragte ich. „Nehmen viele Männer thätigen Anteil am politischen Leben?"

„Das will ich meinen," rief Forest; „obschon allerdings in ihrer eigenen Weise. Viele Männer und viele Frauen, welche das fünfundvierzigste Lebensjahr zurückgelegt haben, thun nichts weiter, als daß sie sich mit Politik beschäftigen. Mit ihrem Guthabensscheine können sie leben, wo sie wollen und viele ziehen es vor, ihre Zeit in Washington zu verbringen, wo sie eifrig und geschäftig sind, für ihre Freunde und Schützlinge Gunstbezeugungen zu erjagen, sowie für solche Leute, welche sich der Dienste dieser Politikanten versichert haben. Die „Lobby", welche zu Ihrer Zeit in den Hallen des Kongresses ihr Unwesen trieb, wird als eine böse Gesellschaft raubsüchtiger, gewissenloser Abenteurer beschrieben, welche sich gegen gute Bezahlung dazu gebrauchen ließen, die Kongreßmitglieder zum Erlaß von Gesetzen zu Gunsten einzelner Personen und Körperschaften zu verleiten. Wenn man aber jene nicht sehr zahlreiche und im äußeren Auftreten immerhin einigermaßen anständige Lobby mit den Washingtoner Wahlmachern unserer Tage vergleichen wollte, so würde das etwa dasselbe sein, als wenn man eine Sonntagsschule mit einer Reformschule vergliche, wie solche zur Besserung junger Taugenichtse in Ihren Tagen unterhalten wurden. Millionen von Leuten, welche bessere Arbeit, oder Beförderung wünschen und sich von dem Einfluß, den sie daheim geltend machen können, keine Wirkung versprechen, wenden sich an die Politikanten in Washington und sichern sich deren Dienste."

„Aber was kann derjenige, welcher Vergünstigungen sucht, denjenigen bieten, welche in Washington wohnen, um diese zur Aufbietung ihres etwaigen Einflusses zu veranlassen," fragte ich; „heutigen Tages sammelt doch niemand Schätze?"

„Das thut allerdings niemand," antwortete Forest lächelnd. „Aber manche Leute wollen sich von Zeit zu Zeit „vergnügte Tage" machen und zu diesem Zwecke brauchen sie vielleicht alljährlich den fünf- oder zehnfachen Betrag ihres Guthabensscheines. Manche unserer politischen Lichter führen das, was man ein „großes Haus" nennt. Sie empfangen viele Gäste, bewirten dieselben mit feinen Speisen und guten Weinen und manche unserer hervorragenden Lobbyisten thun dasselbe. Wer von diesen Leuten eine Begünstigung verlangt, muß einen namhaften Teil seines Guthabensscheines abgeben und er mag sich, wenn er befördert wird, an seine künftigen Untergebenen wegen eines reichen Ersatzes für das nach Washington Abgegebene halten."

„Weshalb sind aber die Leute mit ihrem gesetzlichen Einkommen nicht zufrieden?" fragte ich, schmerzlich überrascht davon, daß jetzt die Wahlmacherei und die Verderbtheit noch üppiger zu wuchern schienen, als vor 113 Jahren. „Ist nicht das Einkommen, welches ein Guthabensschein gewährt, genügend zum Lebensunterhalte des Volks?"

„Sie können die Menschen niemals zufriedenstellen," sagte Forest. „Heutzutage wird der tüchtige und fleißige Teil des Volks zu Gunsten der Faulen und Dummen beraubt. Selbst die Begünstigten müssen sich die Unverschämtheiten, die Erpressungen und Erniedrigung seitens ihrer Vorgesetzten gefallen lassen."

„Und selbst die Männer und Frauen von den allergeringsten Fähigkeiten, welche aus der gleichmäßigen Verteilung der Arbeitsergebnisse den meisten Vorteil ziehen, sind nicht einmal sämtlich zufriedengestellt. Manche derselben fordern die Abschaffung alles persönlichen Eigentums und abgesonderter Haushaltungen. In der That ist nur ein kleiner Teil unserer Bevölkerung wirklich zufrieden. — Zur Bestreitung größeren Aufwandes für feine Speisen, kostbare Mahlzeiten, teure Weine und Havannacigarren reichen die Guthabensscheine nicht aus und Leute, welche dergleichen regelmäßig genießen möchten, müssen sich nach Menschen umsehen, welche unter Umständen bereit sind, dafür zu bezahlen. — In Washington leben aber nicht nur sogenannte „Lebemänner", sondern auch viele Mädchen und junge Frauen, welche Liebeleien, üppige Mahlzeiten, feine Kleider und Juwelen, sowie den Strudel eines wilden, lüderlichen Lebens der regelmäßigen Thätigkeit im Arbeiterheere oder in der Haushaltung vorziehen."

„Die Prostitution wuchert also in Washington nach wie vor?" fragte ich erstaunt.

„Leider ist dem so," entgegnete Forest. „Natürlich bekleiden jene Mädchen Schreiber- oder Buchhalterstellen in den verschiedenen Regierungsabteilungen; aber diese Posten sind nur Sinekuren. Von Freunden, welche aus eigner Anschauung diese Geheimnisse des Washingtoner Lebens kennen lernten (und man kann da eigentlich kaum noch von Geheimnissen reden, da dieses Treiben allgemein bekannt ist), habe ich die Ansicht aussprechen hören, daß manche der höheren Beamten den fünfzigfachen Betrag ihrer Guthabensscheine mit leichtfertigen Frauenzimmern verausgaben. Dieses Geld erlangen sie teilweise dadurch, daß sie den Leuten, welche Begünstigungen suchen, einen Betrag ihres Guthabenscheines abnehmen. Ein anderer Teil der vergeudeten Summen kommt aus den Warenlagern der Regierung, wo nur ein kleiner Betrag dessen, was diese hohen Beamten entnehmen, aus deren Guthabensscheinen herausgestochen wird. Denn die in den Warenlagern Angestellten wissen, daß sie sehr bald ihre Stellungen verlieren und in die zweiten Abteilungen des dritten Grades einer Zunft versetzt werden würden, falls sie sich beikommen ließen, die politischen Größen der Regierung, welche Waren entnehmen, wie gewöhnliche Leute zu behandeln. Der Reiz, welchen dieses üppige Leben auf viele Männer und Frauen ausübt, hat, wie ich schon erwähnt, die Bevölkerung Washingtons außerordentlich vermehrt und es ist demzufolge die volkreichste Stadt im Lande."

„Ich kann nicht begreifen, wie das Volk eine so verderbte und willkürliche Regierung wie die von Ihnen geschilderte dulden kann," sagte ich; „und ich bin überzeugt, daß Ihre zur Schwarzseherei neigende Lebensauffassung Ihr Urteil getrübt hat."

„Es liegt nur an Ihnen, wenn Sie in Zweifel darüber bleiben, ob meine Angaben richtig sind, oder nicht," antwortete Forest. „Wenn Sie um Urlaub zu dem Zwecke nachsuchen, unsern Herrschern in Washington einen Ihrer begeisterten Vorträge über die Vorzüge der jetzigen Gesellschaftsordnung zu halten, so wird man Ihnen hier mit Vergnügen gestatten, Ihre Vorlesungen eine Zeitlang auszusetzen und in Washington wird man Sie glänzend empfangen. Denn die Begeisterung, mit welcher Sie unsere Einrichtungen gegenüber denen des neunzehnten Jahrhunderts preisen, gießt ja Wasser auf die Mühlenräder der Regierung. Sie werden dann den Stand der Dinge genau so finden, wie ich ihn geschildert habe und wenn Sie mit den Mitgliedern des Arbeiterheeres, sowie mit deren Freunden sprechen, welche die Regierung unterstützen, dann werden Sie erfahren, daß dies lediglich deshalb geschieht, weil sie an der Möglichkeit einer Besserung unter dem jetzigen System verzweifeln und nur eine Verschlimmerung für den Fall fürchten, daß die Radikalen ans Ruder kommen."

„Wie könnten die öffentlichen Angelegenheiten sich noch schlimmer gestalten, als sie Ihrer Schilderung nach schon sind?" rief ich aus.

„Viele Leute fürchten, daß die Radikalen die Ehe beseitigen und „freie Liebe" mit allen ihren Folgen dem Volke aufdrängen würden," erklärte Forest. „In der That fordern die radikalen Zeitungen — die einzigen Blätter, welche eine rücksichtslose Sprache gegen die Regierung führen, und diese scharf angreifen — Verbot aller religiösen Gebräuche, Abschaffung der Ehe, Aufhebung der Familie, der besonderen Haushaltungen und Abschaffung des geringen persönlichen Eigentums, welches zu besitzen, den Leuten heute noch gestattet ist."

„Aber wie lassen sich solche Äußerungen und Forderungen der radikalen Zeitungen in Einklang bringen mit dem, was Sie über die Behandlung von Gegnern der Regierung erzählten?" fragte ich. „Wenn es gebräuchlich ist, die Gegner der Regierung in Irrenhäuser zu sperren, so begreife ich nicht, wie den radikalen Zeitungen gestattet werden kann, so scheußliche Grundsätze zu predigen."

Forest lachte, als er entgegnete: „Die radikalen Redakteure werden begünstigt und nehmen eine Ausnahmestellung ein; denn sie leisten der Regierung wertvolle Dienste, indem sie die Masse des Volkes in Unterwürfigkeit gegenüber der Regierung hineinängstigen. Jedesmal, wenn eine Wahl der Zunftgenerale bevorsteht, dürfen die Redakteure der Radikalen Zeitungen ihre volle Leistungsfähigkeit im Schimpfen und in der Stellung wahnsinniger Forderungen entwickeln. Einige Tage vor der Wahl drucken dann die Regierungszeitungen Auszüge aus jenen unflätigen

Angriffen auf Religion, Ehe und Familienleben nach und fragen das Volk, ob es solche Änderungen wünsche. Dann wird das Volk aufgefordert, die Regierung zu unterstützen, welche zwar nicht alle Leute zufriedenstellen könne, immerhin aber die beste sei, welche auf Erden jemals bestanden habe — und so weiter mit Grazie bis ins Unendliche."

„Die radikalen Redakteure werden also einfach als Popanze geduldet, welche das Volk einschüchtern müssen, während es den gemäßigten Schriftstellern nicht gestattet wird, gegen die jetzige Gesellschaftsordnung oder gegen die Regierung einen Tadel auszusprechen?"

„So ist es," bestätigte Forest. „Ich fürchte indes, daß die Regierung ein sehr gewagtes Spiel spielt. Die Radikalen gewinnen unzweifelhaft Boden und es giebt unter ihnen sehr viele verzweifelte Burschen, welche zu jeder Zeit bereit sind, die schwarze Fahne der Zerstörung zu entfalten. Wäre das Volk frei und unabhängig, so wäre die Gefahr nicht so groß. Dann würden alle freien Männer sich zur Verteidigung der von ihnen geschätzten staatlichen Einrichtungen sammeln. Wie aber die Dinge jetzt stehen, sind die Massen gewöhnt, sich unter die Herrschaft einer Minderheit zu beugen. Der Aufstand eines Haufens zu Allem entschlossener Männer würde deshalb vergleichsweise geringen Widerstand von seiten der Bürger finden, die bereit wären für die Aufrechterhaltung der jetzigen Ordnung der Dinge zu kämpfen. Und es wird ein verhängnisvoller Tag für die Menschheit werden, an welchem die Radikalen die Herrschaft gewinnen."

„Haben Sie mir nicht mitgeteilt, daß vor zwölf Jahren die damalige Regierung die Wahl verlor und dadurch gestürzt ward?" warf ich ein. „Und beweist das nicht, daß selbst eine Regierung mit einer Machtvollkommenheit wie die Ihrige schließlich doch geschlagen werden kann? Und sagten Sie nicht ferner, daß die jetzigen Oberbeamten tüchtigere, bessere Leute seien, als diejenigen, welche die letzte Regierung bildeten?"

„Eine Besserung in der Leitung der öffentlichen Angelegenheiten ist nicht in Abrede zu stellen; aber diese Besserung ist nicht sehr wesentlich. Es hat in Wirklichkeit nur ein Wechsel der Beamten, nicht aber eine Änderung des Systems stattgefunden. Günstlingswirtschaft, Bestechlichkeit und Sittenverderbnis haben etwas abgenommen; aber sie sind nicht ausgerottet worden. Sie wuchern im Gegenteile noch immer viel zu üppig. — Gerade diejenigen Leute, welche sich vor zwölf Jahren im Kampfe besonders hervorthaten, mit Begeisterung die Erwählung der jetzigen Parteiführer betrieben, weil sie von denselben die Reinigung unseres öffentlichen Lebens und die Abstellung aller Übelstände erhofften; gerade diese Leute haben jetzt alle Hoffnung aufgegeben, daß unter dem Kommunismus eine gerechte und ehrliche Regierung überhaupt bestehen könnte. Jener Wahlsieg hat also, eben weil er im wesentlichen nur auf einen Personenwechsel hinauslief, das Vertrauen des Volkes auf eine Besserung der Zustände unter dem jetzigen System vernichtet. Mithin hat der Sieg mehr geschadet, als genützt. Der stärkste und verläßlichste Bestandteil unserer Bevölkerung in einem Kampfe für vernünftige Regierungsgrundsätze würden unsere Bauern sein; aber trotz ihrer großen Zahlen bilden sie nur eine Zunft. Sie haben nur einen General und einen Abteilungsvorsteher stets in der Minderheit. Und weil sie Gegner der jetzigen Regierung sind, werden sie nicht so gut behandelt, wie die Mitglieder der anderen Zünfte."

„Erhalten die Bauern nicht dieselben Guthabensscheine wie alle anderen Bürger?"

„Allerdings; aber sie beklagen sich, daß sie die schlechtesten Waren erhalten und nicht den vollen Anteil an öffentlichen

Einrichtungen oder Verbesserungen. Sie behaupten, daß sie beständig zurückgesetzt werden. — Die Bauern würden die verläßlichsten Kämpfer gegen die Radikalen sein; aber die Behandlung, welche ihnen von seiten der Regierung zu teil geworden ist, hat sie so mißvergnügt gemacht, daß bei einem Kampfe für die Aufrechterhaltung der jetzigen Regierung, oder auch nur des jetzigen Systems, durchaus nicht auf sie zu rechnen ist. Besonders klagen die Bauern darüber, daß die Städter bei Anlage von Theatern, Musikhallen und anderen Vergnügung- und Erholungsplätzen entschieden bevorzugt würden. Es ist natürlich unmöglich, an jedem Kreuzwege im Lande ein Theater oder eine Konzerthalle zu bauen: aber wenn die Bevölkerungszahl in Stadt und Land in Betracht gezogen wird, so muß zugegeben werden, daß die Bauern im Verhältnis zu ihrer Zahl recht kümmerlich bedacht werden. Die Regierung rechnet auf die Unterstützung der Stadtleute und solcher Zünfte, welche hauptsächlich aus Städtern gebildet werden; deshalb werden die Städter auf Kosten der Bauern bevorzugt. Eine andere Klage der Bauern geht dahin, daß sie bei der Austeilung der Waren übervorteilt worden. Infolge des wechselnden Geschmacks, des jahreszeitwidrigen Wetters und verschiedener anderer Ursachen bleiben in den Warenhäusern oft Reste liegen, welche „mit Verlust verkauft" werden müssen.[24] Diese Waren kann die Regierung verkaufen, wann sie will, d. h. wann sie meint, die besten Preise dafür erhalten zu können. Die Regierung kann aber auch allein darüber bestimmen, welche Waren zu herabgesetzten Preisen verkauft werden sollen. Nun behaupten die Bauern, daß verlegene, unmoderne und schlechte Waren den Landbewohnern als neu aufgeschwindelt werden; während Begünstigte Waren zu herabgesetzten Preisen erhalten, die ganz neu und fehlerlos sind. — Ich will durchaus nicht behaupten, daß alle Klagen unserer Bauern begründet sind. Teilweise mag dies nicht der Fall sein. Aber die Klagen an sich sind ein Beweis der Unzufriedenheit und sie sind nur möglich, weil unsere Regierung mit einer Machtvollkommenheit bekleidet ist, welche in der Geschichte der Menschheit unerreicht dasteht. Es ist das System, welches alle diese Übelstände erzeugt."

„Bestehen außer der radikalen und der Regierungspartei noch andere Organisationen, welche nach der Leitung der Staatsangelegenheiten streben?"

„Wir haben eine Temperenzpartei, welche sehr thätig und gut organisiert ist; aber dieselbe sucht nur innerhalb der Regierungspartei und durch diese zur Macht zu gelangen. Die Regierung zeigt keine Feindseligkeit gegen die Mitglieder dieser Fraktion, sondern läßt sie gewähren. Bisher haben sie keine nennenswerten Erfolge errungen."

„Ich sehe wohl, daß Sie der jetzigen Gesellschaftsordnung nicht viel Anerkennung zu teil werden lassen für irgend etwas, was unter ihr geschehen ist. Aber glauben Sie denn nicht, daß die Beseitigung der Armut, die Erhebung aller Menschen auf den Standpunkt annähernder Gleichheit große und unschätzbare Errungenschaften des Menschengeschlechtes darstellen? Ich entsinne mich nur zu wohl der unsagbaren Leiden, welche die Armen meiner Zeit zu erdulden hatten. Ich bin nicht genügend mit der jetzigen Ordnung der Dinge vertraut, um alle Ihre Mitteilungen und Ansichten gutheißen oder ihnen widersprechen zu können. Aber ich betrachte die gänzliche Beseitigung der Armut als eine so großartige Errungenschaft, daß ich trotz Ihrer Verdammung des jetzigen Systems die Hoffnung nicht aufgebe, es werde der jetzigen Gesellschaft gelingen, die Unzulänglichkeiten zu überwältigen, welche von allen menschlichen Anstrengungen und Einrichtungen unzertrennlich sind."

„Mein verehrter Herr West, es freut mich außerordentlich wahrzunehmen, daß Sie in Ihren letzten Äußerungen zur Verteidigung des Kommunismus dieselben Gründe vorführen, welche zu Ihrer Zeit die Verteidiger Ihrer Gesellschaftsform gegen die Kommunisten geltend machten. Es beweist das einfach zweierlei: Erstens, daß uns unter Gottes Sonne auf der Erde nichts vollkommen ist und zweitens, daß auch jede Regierung das zugestehn muß. Die Abschaffung der wirklichen Armut hätte, wie ich später über jeden Zweifel hinaus beweisen werde, auch ohne den Rückfall in den Kommunismus durchgeführt werden können. Dadurch wären uns die schauderhaften Folgen dieser elenden Gesellschaftsform erspart worden. Die Thatsache, daß die Regierungsbeamten die im Arbeiterheere stehenden Freunde ihrer Gegner wie Sklaven behandeln können und daß selbst solche Freunde von Gegnern der Regierung, die sich durch Tüchtigkeit bereits emporgearbeitet hatten, bei der jährlichen Neueinteilung in die zweite Abteilung des dritten Grades zurückversetzt werden können, die Günstlingswirtschaft, welche die Regierung eingeführt hat, haben eine unerhörte Schmeichelei, Knechtschaffenheit, Verläumdungssucht und Verderbtheit großgezogen. Nie hat es in der Geschichte der Amerikaner eine Zeit gegeben, in welcher im öffentlichen wie im geschäftlichen Leben so wenig Unabhängigkeitssinn und Mannhaftigkeit zu Tage traten. Als vor zweihundertunddreißig Jahren England den Versuch machte, eine Theesteuer einzuführen, da erhoben sich die Amerikaner in Waffen, weil sie nicht gesonnen waren, der Regierung die Auferlegung einer Steuer zu gestatten, so lange die Amerikaner keine Vertretung in dem Parlamente hatten, welches diese Steuer ausschrieb. Heute verfügt die Regierung über die Arbeit aller Männer und Frauen während vierundzwanzig langer Jahre, ohne daß der Blüte des amerikanischen Volks auch nur eine Gelegenheit gegeben würde, darüber abzustimmen, wie die Regierung die Arbeit derjenigen leiten soll, welche alles das erzeugen, wovon das ganze Volk lebt! Diese elende Sklaverei, welche nie zuvor unter c i v i l i s i e r t e n Völkern bestanden hat, kann nicht lange mehr dauern. Sie wird in einem Meere von Blut untergehen. Denn wahr ist das Wort Schillers:

Vor dem Sklaven, wenn er die Ketten zerbricht;
Vor dem freien Manne erzittere nicht.

Fünftes Kapitel.

Aus einem Himmel des Friedens und der Freude, aus einem nur von guten Menschen bewohnten Idealstaate, hatte Forest mich hinabgestürzt in das tiefe, dunkle Meer des Zweifels und des Trübsinns.

Dr. Leete und dessen Familie entging natürlich mein gedrücktes, verstörtes Wesen nicht und während der Doctor offenbar darauf wartete, daß ich aufs neue mit ihm soziale Fragen besprechen würde, suchte Edith mich zu trösten. Sie schien zu glauben, daß das Fremdartige meiner Umgebungen und meiner neuen Stellung einen geistigen Druck auf mich ausübe.

Ich vermied indessen eine Erklärung. Ich hatte beschlossen, meine Unterredungen mit Herrn Forest fortzusetzen, mir aber durch Prüfung der Zustände eine eigne, klare Meinung zu bilden. Denn nur durch eigne Anschauung konnte ich zu einem selbständigen Urteil darüber gelangen, wie weit Dr. Leetes und wie weit Forests Darstellung die richtige sei.

Deshalb schlenderte ich, wenn ich nach der Universität ging, oder von dort zurückkehrte, die Straßen entlang und sprach mit allen Leuten, die ich kennen lernte. Es erschien mir höchst befremdend, daß alle sehr zurückhaltend wurden, ja ängstlich und mißtrauisch erschienen, sobald ich an sie Fragen stellte über die Verwaltung der öffentlichen Angelegenheiten, über die Grundsätze, auf welchen unser Staatswesen ruht, über das Benehmen der Offiziere, über die Verwaltung der Warenlager, sowie darüber, ob das Volk sich glücklich fühle oder nicht.

Selten wurde mir eine entschiedene Antwort zu teil, aus welcher ich auf freudige Zufriedenheit oder auf grollende

Unzufriedenheit schließen konnte. Nur einige Radikale sprachen sich in den allerstärksten Ausdrücken gegen die jetzige Ordnung der Dinge aus, sowie gegen die höchsten Beamten des Landes, und einige Frauen wurden so weit mitteilsam, daß sie erklärten, sie fänden an der Arbeit in den Fabriken gar keinen Gefallen.

Aber obschon die Leute im allgemeinen sehr zurückhaltend in dem Kundgeben ihrer Stimmungen und Meinungen waren, so wurde es mir doch klar, daß Zufriedenheit in dem Garten des Kommunismus eine ebenso seltene Pflanze ist, wie sie es vor 113 Jahren in den Ver. Staaten war. Das rohe Schelten der Radikalen gegen die höchsten Beamten des Landes konnte mich natürlich nicht überzeugen, daß die erhobenen Beschuldigungen begründet wären. Bemerkenswert erschien es mir aber, daß die Frauen und Männer des Arbeiterheeres, mit welchen ich über jene Anklagen sprach, sich auf keine Verteidigung der Angegriffenen einließen. Sie wollten es offenbar vermeiden, irgendwo anzustoßen, so lange sie nicht von ihren Vorgesetzten aufgefordert wurden, für die Regierung einzutreten.

So drängte sich mir die Überzeugung auf, daß auch die Gütergemeinschaft nicht die allgemeine Glückseligkeit und Zufriedenheit geschaffen hatte, welche ich nach den Schilderungen des Dr. Leete zu finden hoffte. Aber ich war zu der Annahme geneigt, daß die Leute im allgemeinen recht angenehm lebten, ohne große Sorgen, nicht gerade besonders zufrieden mit ihrem Lose, aber auch nicht entschlossen, den Stand der Dinge zu ändern. Es schien mir ferner, als ob die Masse des Volkes geistig träge und schwerfällig wäre, als ob nur wenige an irgendwelchen Dingen regen Anteil nähmen.

Eines Tages, als ich nach einem Spaziergange durch die Straßen Bostons nach Dr. Leetes Haus zurückgekehrt war und den Hausflur betreten hatte, hörte ich aus einem anstoßenden Zimmer, dessen Thür offen stand, eine in sehr lautem Tone geführte Unterhaltung. Schon die ersten Worte fesselten unwillkürlich meine Aufmerksamkeit. Sie wurden von einer tiefen, vor Erregung zitternden Stimme gesprochen und lauteten:

„Fräulein Edith hat mich zur Fortsetzung meiner Besuche ermutigt."

„Wir alle sind immer erfreut, Sie bei uns zu sehen, Herr Fest," antwortete Dr. Leete. „Wir alle haben Sie eingeladen, Ihre Besuche zu wiederholen."

„Allerdings haben Sie das gethan; aber Sie verstehen wohl, was ich meine," fuhr die Stimme fort. „Ich bin so oft in Ihr Haus gekommen und habe heut Fräulein Edith gefragt, ob sie mein Weib werden will, weil Ihre Tochter meine Hoffnung, ihre Liebe zu gewinnen, ermutigt hat. Jetzt aber wird mir in kühler Weise eröffnet, daß ich mich irrigen Hoffnungen hingegeben habe und ich sehe meinen Verdacht bestätigt, daß der Bostoner des neunzehnten Jahrhunderts, den Sie aus einem Keller in Ihrem Garten ausgraben ließen, der Mann ist, den Fräulein Edith allen andern vorzieht — selbst demjenigen, den sie bis vor einigen Tagen ermutigte."

„Herr Fest, ich wünsche, daß Sie die Bildung und Gesittung des zwanzigsten Jahrhunderts mit mehr Anstand vertreten, wenn Sie von meiner Tochter und von meinem Gaste sprechen," sagte Dr. Leete etwas erregt.

„Natürlich muß ich vor allen Dingen den Anstand bewahren, nachdem ich durch herzlose Koketterie ein Jahr lang genarrt worden bin und nun die Entdeckung mache, daß das Mädchen, welches ich liebe, mir ein 143 Jahr altes Menschenkind vorzieht," sagte Fest bitter und höhnisch.

„Wie können Sie nur so beleidigende, unwahre Reden führen!" rief Edith in zorniger Aufregung. „Niemals während unserer zehnjährigen Freundschaft ist mir der Gedanke gekommen, daß Sie andere Gefühle für mich hegen, als die eines Bruders."

„Es ist an der Zeit, dieser Unterredung ein Ende zu machen," erklärte jetzt Dr. Leete. „Nach den stattgehabten Erklärungen wird Herrn Fest ohne Zweifel sein Gefühl sagen, daß die bisherigen Beziehungen nicht fortgesetzt werden können."

„Natürlich können unsere Beziehungen nicht fortgesetzt werden," schrie Fest im höchsten Zorne. „Ich verlasse Sie jetzt und erkläre Ihnen hiermit, daß ich Ihr Haus nicht wieder in freundlicher Absicht betreten werde. Sollte ich je zurückkehren, so werde ich als Feind kommen, um Rache zu suchen für die Zerstörung meines Lebensglückes und Herzensfriedens. Hüten Sie sich vor jenem Tage!"

Die Sprache, welche dieser Mensch gegen Edith und deren Vater führte, empörte mich und, in das Zimmer tretend, sagte ich: „Bitte, sparen Sie Ihre hochtönenden Redensarten auf, bis Sie vielleicht einmal auf einem Liebhabertheater einen Bösewicht spielen und verlassen Sie sofort das Zimmer."

Der Mann vor mir war sechs Fuß und drei Zoll hoch, hatte breite Schultern und gewaltige Fäuste. Er blickte spöttisch auf mich nieder und sagte: „Siehe da! Der ausgegrabene Greis. Diesmal will ich Sie noch schonen, altes Männchen; aber wenn Sie mir noch einmal mit unverschämten Redensarten in den Weg treten, dann stecke ich Sie in einen Sack und werfe Sie in die Massachusetts-Bay."

Ehe ich auf diese Drohung antworten konnte, hatte Fest die Stube und das Haus verlassen.

„Wer ist der Mann?" fragte ich, mich an Dr. Leete wendend, ohne daß ich versucht hätte, mein Mißvergnügen zu verbergen.

„Er ist ein Maschinenbauer, ein sehr tüchtiger Mann in seinem Gewerbe und Hauptmann im Arbeiterheere," erklärte der Doktor. „Seine Eltern lebten im nächsten Hause und als er ein Knabe war, pflegte er mit Edith zu spielen."

„Wenn ich die Bildung, sowie die Umgangsformen der Offiziere des Arbeiterheeres nach den Erfahrungen dieser Stunde beurteilen wollte, dann müßte ich sagen, daß die Gesittung eher Rückschritte als Fortschritte gemacht hat," bemerkte ich.

„Es ist ein außerordentlicher Fall von Atavismus," erklärte Dr. Leete. „Solche Hitzköpfigkeit ist in unserem Zeitalter sehr selten und nur durch Vererbung erklärlich."

Ich mochte diese Unterhaltung, die ein sehr unerfreuliches Ende nehmen konnte, jetzt nicht fortsetzen. Ich konnte die Betrachtung nicht unterdrücken, daß die Sitten und Umgangsformen vor 113 Jahren zwischen beiden Geschlechtern eine Linie zogen, die zwar unsichtbar, aber von jedermann anerkannt war, der eine Ahnung von Schicklichkeitsgefühl hatte und daß zu meiner Zeit kaum ein Mann den Eindruck haben konnte, daß ein Mädchen ihn ermutigt hatte, wenn dies nicht der Fall war. Ich hegte nicht den geringsten Zweifel, daß Edith sich in dieser Angelegenheit so gut benommen hatte, wie das beste Mädchen ihrer Tage. Dieser peinliche Auftritt war auch eine Folge der Gleichmacherei, welche allüberall bemerklich ist und welche wahrscheinlich bis zu einem gewissen Grade die feine Scheidelinie verwischt hatte, welche vor 113 Jahren die sittlich erzogenen Mitglieder beider Geschlechter trennte. Ich erinnerte mich der Frage, welche ich einst an Dr. Leete stellte:

„Und so erklären also die Mädchen des zwanzigsten Jahrhunderts ihre Liebe?"

Worauf Dr. Leete antwortete:

„Wenn es ihnen gefällt. Sie haben nicht mehr Grund als die sie liebenden Männer ihre Gefühle zu verbergen."[25]

Ja freilich! Wenn die Mädchen ihre Liebe ebenso erklären, wie die Männer das thun, dann muß freilich die feine Scheidelinie zwischen den beiden Geschlechtern verwischt werden.

Ein Gefühl der Unruhe, ja des Widerwillens überkam mich.

„Vielleicht wäre es doch zweckmäßig, Herrn Fest wenigstens auf einige Monate unter ärztliche Behandlung zu stellen," sagte Dr. Leete nachdenklich. „Er befindet sich ohne Zweifel in einer hochgradigen Aufregung und es ist nicht unmöglich, daß er eine unüberlegte Handlung begeht, welche er später bereuen würde."

„Vor hundert und dreizehn Jahren würden wir solch einen Menschen einfach unter Friedensbürgschaft gestellt haben," sagte ich, da mir der Gedanke Entsetzen einflößte, daß ein Mann lediglich deshalb in ein Tollhaus gesperrt werden sollte, weil er im Zorne einige Drohungen ausgestoßen hatte.

„Was thaten Sie aber mit einem Manne, der trotz seiner Bürgschaft den Frieden brach?" fragte der Doktor.

„Wir bestraften ihn nach den Gesetzen, welche auf den Fall Bezug hatten; entweder mit einer Geldstrafe, mit Gefängnishaft, oder, im Falle eines Mordes, mit Tötung."

„Wir bringen einen Mann, in welchem der Atavismus zum Durchbruch kommt, in ein Hospital, wo tüchtige Ärzte ihn so lange in Behandlung nehmen, bis sie ihn für genügend hergestellt erachten und seine Entlassung verfügen," sagte Dr. Leete mit dem Ausdruck großer Selbstzufriedenheit und Güte, während er eine frische Havannacigarre anzündete.

„Ich glaube nicht, daß du viel wagst, Papa," sagte Edith, „wenn du dem Manne erlaubst, seiner Berufsthätigkeit nachzugehen. Er braust schnell auf; aber er wird sich auch bald wieder beruhigen."

„Dessen bin ich nicht so sicher," antwortete Dr. Leete nachdenklich. „So weit ich ihn kenne, sind seine Gefühle, wenn einmal erregt, tief und nachhaltig. Vielleicht beruhigt er sich; vielleicht auch nicht. Jedenfalls ist es gefährlich, den Stimmungen eines solchen Menschen ausgesetzt zu sein."

Widerstreitende Gefühle und Gedanken füllten mir Herz und Hirn. Ich war überzeugt, daß eine Fortsetzung der Unterredung zu einem ernstlichen Streit mit Dr. Leete führen könnte und ich war nicht in der Stimmung, eine längere Erörterung mit ihm zu führen. So schützte ich denn starkes Kopfweh vor und trat einen Spaziergang an.

Die Erfahrungen der letzten Stunde schmeckten durchaus nicht nach dem tausendjährigen Reiche menschlicher Glückseligkeit, von welchem Dr. Leete wiederholt gesprochen hatte. Ein Mann, welcher eine Offiziersstelle in dem Arbeiterheere bekleidet, beschuldigt Edith in der rohesten Weise der Koketterie. Sein Betragen entsprach sicher nicht dem hohen Lobe, welches Dr. Leete der Bildung und Erziehung junger Leute im zwanzigsten Jahrhundert zollte. Jedenfalls bewies dieser Streit zwischen Fest und der Familie des Dr. Leete, daß die Zufriedenstellung der Menschheit durch die Einführung des Kommunismus, d. h. durch genügende Beherbergung, Kleidung und Abfütterung aller Leute, auch nicht erreicht wird. Haß und Eifersucht bedrohten meine Liebe und Fest schien mir ganz der Mann zu sein, um mir sein Mißbehagen klar zu machen. Das Mittel, durch welches Dr. Leete eine Gewaltthat des enttäuschten Liebhabers verhindern wollte, erschien mir noch viel widerwärtiger, als die Aussicht auf einen Kampf mit Fest. Und wieder stieg die Frage in mir auf, ob wohl Edith Bartlett, meine Verlobte im Jahre 1887, einem Manne auch nur die Möglichkeit der Klage offen gelassen hätte, daß sie mit ihm kokettiert oder ihn zu einer Liebeserklärung ermutigt hätte.

Als ich Herrn Forest nach meiner nächsten Vorlesung traf, warf ich die Frage hin: „Wenn ich recht unterrichtet bin, so haben sich viele Mädchen des zwanzigsten Jahrhunderts zu dem entwickelt, was wir emancipierte Damen zu nennen pflegten?"

Forest warf einen schnellen, prüfenden Blick auf mein blasses Gesicht, welches von einer schlaflos verbrachten Nacht zeugte und entgegnete dann: „Der blödsinnige Versuch, die in der Natur begründete Verschiedenheit durch Gleichmachereibestrebungen zu verwischen, hat auch die Beziehungen zwischen Frauen und Männern nicht verschont. Beide Geschlechter gehören dem Arbeiterheere an, beide haben ihre Offiziere und Richter, beide erhalten die gleiche Bezahlung. Die Königin Ihres altväterlichen Haushaltes ist entthront worden. Wir nehmen unsere Mahlzeiten in großartigen Dampfabfütterungsanstalten ein und wenn unsere Radikalen (die wahrhaft folgerichtig denkenden Kommunisten) einmal siegen sollten, dann werden wir alle in großen Kasernen leben, welche Tausende von Menschen beherbergen können. Die Ehe und das Familienleben werden abgeschafft sein, ebenso wie Religion und persönliches Eigentum; freie Liebe wird das Losungswort sein und wir werden ein Dasein führen wie eine Kaninchenherde. — Das natürliche Schicklichkeitsgefühl, welches eine hervorragende Eigenschaft des zarteren Geschlechts ist, hat es glücklicherweise verhindert, daß die Mehrzahl unserer Frauen und Mädchen den gemeinen und erniedrigenden Lehren des Kommunismus zum Opfer gefallen ist. Aber das echte Mädchen unserer Zeit ist ein sehr merkwürdiges, wenn auch nichts weniger als angenehmes Geschöpf. Haben Sie schon Fräulein Cora Delong, eine Base des Fräulein

Leete, kennen gelernt?"

„Bisher ist mir das Vergnügen versagt gewesen."

„Sie werden ihr nicht entgehen," weissagte Forest mit einem heiteren Lachen. „Fräulein Cora ist eine begeisterte Vorkämpferin für die unbedingte Gleichheit von Weib und Mann. Und da manche junge Männer den jungen Mädchen ihrer Bekanntschaft den Hof machen, so hält es Fräulein Cora für recht und billig, daß sie den jungen Männern die Cour schneidet. Sie nimmt keinen Anstand, ihnen zu sagen, daß sie deren Schönheit bewundert, daß sie sie liebt, ja anbetet; sie sucht ihnen Küsse zu rauben und ladet sie zu einem Schnaps ein; so etwa, wie junge Männer die Damen ihrer Bekanntschaft zu einer Schale Eiskreme einladen. Sie raucht Cigarren und spielt mit ihren jungen Freunden Billard, kurz, sie thut alles, den Unterschied des Geschlechts zu verwischen. Und bitter beklagen sich Cora Delong und Mädchen ihresgleichen, daß sie nicht alle Unterschiede zwischen Männern und Frauen beseitigen können."

„Ich brenne durchaus nicht vor Verlangen, die Bekanntschaft des Fräulein Delong zu machen," gestand ich. „Und auf Grund meiner persönlichen Erfahrung muß ich sagen, daß mir die frühere Art des Haushaltens viel angenehmer erscheint. Führen aber die Frauen des zwanzigsten Jahrhunderts nicht ein viel bequemeres Leben als selbst die reichen Frauen meiner Zeit? Und wirtschaften Sie nicht mehr Arbeit aus Ihren Frauen heraus als wir? Dr. Leete sagte mir das."[26]

„Dr. Leete ist ein großer Optimist; wenn immer es gilt dem Kommunismus das Wort zu reden," antwortete Forest „Es ist einfach unmöglich, mit einiger Sicherheit festzustellen, welchen Wert die Arbeit aller Mädchen und Frauen im Jahre 1887 hatte. Aber ich bezweifle die Richtigkeit der Angaben Ihres Gastfreundes, „daß wir mehr Arbeit aus den Frauen herauswirtschaften" (wie Dr. Leete sich ausdrückt) als Sie aus den Frauen Ihrer Zeit."

„Das besondere Kochen, Waschen und Plätten am Ende des neunzehnten Jahrhunderts muß doch entschieden bedeutend mehr Arbeit verursacht haben als die Art und Weise, in welcher diese Verrichtungen heute besorgt werden," bemerkte ich. „Dazu kommt, daß, wie Dr. Leete versichert, es heute keine Hausarbeit mehr giebt."[27]

„Das ist wieder einmal eine jener Behauptungen, in welchen Dr. Leete so stark ist," antwortete Forest. „Wer fegt die Zimmer, macht die Betten, reinigt die Fenster, staubt die Möbel ab und scheuert den Fußboden? Ohne Zweifel bildet die Familie des Dr. Leete eine Ausnahme; denn die Frauen des Arbeiterheeres verrichten jedenfalls die meisten, wenn nicht alle Arbeiten im Hause des einflußreichsten Vertreters der Regierung in Boston. Haben Sie jemals Frau Leete oder Fräulein Edith Hausarbeit oder überhaupt welche Arbeit verrichten sehen?"

Ich mußte diese Frage verneinen; denn in der That hatte ich nur gesehen, daß Edith einen Blumenstrauß gewunden hatte. Sonstige Arbeit irgend welcher Art hatte ich sie oder ihre Mutter nie verrichten sehen. Wenn sie ein Mitglied des Arbeiterheeres war, mußte sie eine Stellung einnehmen, in welcher ihre Arbeit wenig Zeit in Anspruch nahm. Sie hatte mir gegenüber niemals davon gesprochen, daß ihr irgend welche Pflichten oblägen und ich erinnerte mich recht wohl, daß Dr. Leete gleich in den ersten Tagen meines Verweilens in seinem Hause sagte, daß Edith eine „unermüdliche Bazarbesucherin" sei,[28] dadurch andeutend, daß sie viele müßige Stunden habe.

„In den Häusern, welche die Mitglieder des Arbeiterheeres bewohnen, haben die Frauen keine Hilfe von andern Mitgliedern des Hilfscorps, d. h. von den Frauen der

„industriellen Armee". Sie müssen alle die Arbeit, welche ich erwähnte, selbst verrichten, und für sie ist das Kochen in den großen Speisehäusern keine so große Zeitersparnis, wie Sie zu glauben scheinen. Diese Frauen müssen dreimal des Tages ihre Kleider wechseln; denn sie können nicht in dem Anzuge bei Tische erscheinen, in welchem sie Haus- oder Fabrikarbeit verrichten. Und wenn sie kleine Kinder haben, müssen sie dieselben ebenfalls dreimal sorgfältiger ankleiden, als dies notwendig wäre, wenn die Kinder daheim essen würden."

„Bei dem Kochen in den großen Speisehäusern," fuhr Forest fort, „wird erfahrungsgemäß mit den Stoffen nicht gespart, und ich glaube deshalb, daß die Massenkocherei durchaus nicht billig ist. Ferner müssen diese großen Kosthäuser einen langen Speisezettel zusammenstellen, und je mannigfacher die Kost, desto größer ist auch die Menge der Überbleibsel, welche nicht mehr verwendet werden können. — Aus den angeführten Gründen haben die verheirateten Frauen, welche Mitglieder des Arbeiterheeres sind, in der That wenig Zeit, außer der Haushaltungsarbeit viel zu schaffen, und die Mehrheit derselben würde lieber zu Hause kochen. Sie könnten dann, während sie mit ihrem Haushalte beschäftigt sind, die Mahlzeiten bereiten, ohne damit mehr Zeit zu verlieren, als jetzt mit dem Umziehen für die gemeinschaftlichen Abfütterungen. Besonders die Familien mit vielen Kindern würden lieber zu Hause kochen. Auch bei Krankheit in der Familie ist es eben so schwierig, wie umständlich, in den großen Koch- und Abfütterungsanstalten geeignete Kost für die Kranken zu erlangen. Eine Frau Hosmer sagte mir vor einigen Tagen, daß sie und ihre sieben Kinder schon um manche Mahlzeit gekommen sind, weil es ihr nicht immer möglich war, sich selbst und ihre sieben Kleinen rechtzeitig frisch umzukleiden und zu waschen."

„Wie beschäftigen Sie die verheirateten Frauen?" fragte ich.

„Dies ist ein wunder Punkt in unserer vielgepriesenen gesellschaftlichen Ordnung," antwortete Forest. „Die meisten verheirateten Frauen finden an der Thätigkeit im Arbeiterheere durchaus kein Gefallen und suchen sie auf jede Weise zu vermeiden. Die Arbeit, welche die Kinder veranlassen, und persönliches Unwohlsein werden am häufigsten als Entschuldigungsgrund geltend gemacht für die Abwesenheit der verheirateten Frauen von ihren Stellungen im Arbeiterheere."

„Ich glaube, daß es selbst für einen Arzt sehr schwierig ist, festzustellen, ob die vorgebrachten Entschuldigungen begründet sind, oder nicht," bemerkte ich.

„Ganz gewiß. In den meisten Fällen ist es für den Arzt unmöglich, die Frauen zu beschuldigen, daß sie Unwohlsein heucheln und diese Beschuldigung zu erweisen," fuhr Herr Forest fort. „Diese Schwierigkeiten, welche die verheirateten Frauen veranlassen, und die Thatsache, daß die Sorge für ihre kleinen Kinder Frauen oft jahrelang verhindert, im Arbeiterheer Dienst zu thun, — diese Umstände werden von den radikalen Kommunisten zur Unterstützung ihrer Forderung geltend gemacht, daß die Familienhaushaltung ganz abgeschafft werden müsse. Die Radikalen behaupten, daß ihr System ein viel gedeihlicheres sein würde, als das unsrige. Es würde viel billiger sein, Hunderte oder Tausende in einem Gebäude unterzubringen und zu beköstigen, als Häuser zu unterhalten, in welchen nur eine, zwei oder drei Familien wohnen können. Sie behaupten ferner, daß nach Beseitigung der Ehe und nach der Einführung der „freien Liebe" als Gesetz zur Regelung des geschlechtlichen Umganges die flüchtigen Verbindungen von Mann und Weib bessere Nachzucht liefern würden, als die Ehe. Diese Kinder würden in großen Kinderbewahranstalten untergebracht werden, so daß die Mütter, von der

Kinderpflege befreit, den ganzen Tag dem Dienste des Arbeiterheeres widmen könnten."

„Wie gemein!" rief ich. „Alle menschlichen Einrichtungen, die Beziehungen beider Geschlechter zu einander, sollen wir nur auf die Berechnung gründen, was sich am besten bezahlt! Und wir sollen die Kinder von der Mutter trennen, nur weil es billiger ist, die jungen „Zweihänder" hundertweise aufzufüttern, obschon bei der Massenaufzucht die Sterblichkeit unter denselben zehn oder zwanzig Prozent größer wäre."

„Dennoch sind die Radikalen die folgerichtigen Denker unter den Kommunisten," sagte Forest. „Der Grundstein, auf welchem der Kommunismus ruht, ist die Gleichheit. Sie können die Forderung, daß die Arbeitsergebnisse gleichmäßig geteilt werden sollen, nur mit der Behauptung rechtfertigen, daß wir alle gleich sind, und wenn wir es sind, dann liegt kein Grund vor, weshalb wir in Häusern von verschiedener Größe und Bauart leben, weshalb wir uns nicht gleichmäßig kleiden und dieselben Gerichte essen sollen. Wenn wir alle gleich sind, dann hat jedermann ein ebenso gutes Recht auf die Liebe eines Mädchens, als jeder andere Mann und eben so hat jedwedes Mädchen einen ebenso guten Anspruch auf die Liebe eines Mannes, als das andere. Und es gibt keinen Grund, weshalb in einem kommunistischen Staatswesen das eine Kind mehr Abwartung haben sollte, als das andere, und weshalb die eine Mutter mehr Zeit bei ihrem Kinde verbringen sollte, als die andere, — dadurch kostbare Augenblicke vertrödelnd, welche der Gesamtheit gehören und zum Kartoffelschälen nützlich verwendet werden könnten. — Die Radikalen sind die allein waschechten Kommunisten."

„Es kann doch nicht wohl jedes Mädchen alle Männer lieben und heiraten; ebenso wenig wie jeder Mann alle Mädchen lieben und heiraten kann," warf ich ein, etwas belustigt durch den grimmigen Hohn Forests, obschon ein tiefempfundener Widerwille gegen die von den Radikalen gepredigten scheußlichen Grundsätze meine Heiterkeit nicht recht aufkommen ließ.

„Unsere radikalen Weltbeglücker sind bis jetzt nicht imstande gewesen, es mir ganz klar zu machen, wie sie die „freie Liebe" regeln wollen, falls von einer Regelung derselben überhaupt die Rede sein kann," antwortete Herr Forest. „Wahrscheinlich wird die Schwierigkeit, diese Frage völlig zu beleuchten, durch den Umstand erklärt, daß die Weltbeglücker untereinander noch nicht klar darüber sind, wie frei die „freie Liebe" sein soll. Einige Radikale scheinen geneigt zu sein, ein Zusammenleben zweier Personen beiderlei Geschlechts so lange zu dulden, wie die Neigung der beiden füreinander währt. Die wahrhaft aufgeklärten und folgerichtig denkenden Kommunisten können aber eine dauernde Verbindung nicht dulden, da sie in schroffem Widerspruch zu unserem Grundsatze der unbedingten Gleichheit steht. Wahrscheinlich werden sie sich dahin einigen, daß man sich täglich neu begattet und, damit beide Geschlechter gleichgestellt werden, kann man den Frauen das Recht der Auswahl an jedem Montag, Mittwoch und Freitag, den Männern an jedem Dienstag, Donnerstag und Sonnabend geben. Die Sonntage werden vielleicht aus Höflichkeit noch den Damen zugestanden. Und um alle Streitigkeiten für den Fall zu vermeiden, daß eine Anzahl von Menschheitsbeglückern dasselbe Mädchen wählt, oder daß mehrere Jungfrauen und Frauen denselben Zeitgenossen heiraten wollen, kann man Lotterien veranstalten oder die Reihenfolge „auskegeln". Auch durch Skatspiel oder Würfeln läßt sich die Reihenfolge feststellen. So wird man allen gerecht!"

„Ich kann mir nicht vorstellen," sagte ich, „wie Männer, welche das freie Denken als ein besonderes Vorrecht in

Anspruch nehmen möchten, solche viehische Lebensgrundsätze entwerfen und dieselben als fortschrittlich der Menschheit empfehlen können. Das Schicksal der Frauen würde in der That beklagenswert werden, wenn diese Grundsätze jemals den Sieg erringen sollten. „Freie Liebe" müßte die Stellung der Frauen erniedrigen, weil sie dem Manne der alternden Frau das Recht geben würde, sich von dieser zu trennen. Die Menschheit im allgemeinen aber wäre zu beklagen, wenn die Pflege der Kinder den Müttern entrissen und andern Menschen anvertraut werden sollte."

„Ich würde es als den furchtbarsten Schlag ansehen, der jemals gegen die Menschheit geführt wurde," entgegnete Forest, „wenn die Pflege und die erste Erziehung der Kinder ihren Müttern entrissen werden sollte. Keine Frau, kein Mann, wie gut und edel sie auch sein mögen, können für ein fremdes Kind die unendliche Liebe und Geduld hegen, welche das Elternherz erfüllen. Die Gefühle, welche Mann und Frau, sowie die Familie verbinden, sind selbst von den kommunistischen Gesetzgebern bisher geachtet worden. Die Menschheit wird in Barbarei zurückfallen an dem Tage, an welchem die Familie zerstört, die Mutter vom Kinde und der Mann von der Frau getrennt wird. Man raube der Ehe den veredelnden Einfluß, welchen das gemeinschaftliche Tragen von Freud und Leid, der beständige Austausch aller Gedanken und Gefühle den Beziehungen beider Geschlechter zu einander verleiht, und man wird den Verkehr von Mann und Frau zu einem wesentlich tierischen erniedrigen. Viele der besten Eigenschaften aller Menschen können wir zurückverfolgen zu ihrer Quelle: der unendlichen Liebe und Geduld unserer Mütter in ihrem Bestreben, die geliebten Kinder zu guten und tüchtigen Menschen zu erziehen. Fast alle großen Männer hatten gute Mütter. Nichts auf Erden kann dem Kinde den Verlust der

Mutter ersetzen; nichts könnte die Menschheit für den wohlthätigen Einfluß entschädigen, welchen die Mütter auf die heranwachsenden Geschlechter ausüben."

„Glauben Sie, daß Ihre Radikalen jemals Macht genug erlangen werden, um die Mütter entthronen und die Ehe abschaffen zu können?" fragte ich mit einiger Neugierde.

Forests Antwort lautete freudiger und zuversichtlicher als irgend eine Äußerung, welche ich bisher von ihm gehört hatte.

„Die Radikalen mögen sich erheben und die jetzige Regierung niederwerfen; sie mögen mancherlei vollbringen, ohne viel Widerstand bei den Massen zu finden, welche das jetzige System nur eben dulden und für dessen Verteidigung keine großen Anstrengungen machen werden. Aber unsere radikalen Weltverbesserer würden sehr unangenehme Überraschungen erleben, wenn sie es versuchen wollten, den Mann von seinem Weibe, die Mutter von ihrem Kinde zu trennen. Fast jede Mutter wird wie eine Löwin um ihre Kleinen kämpfen, und ich kenne einen Mann, der keinen Strohhalm opfern möchte, um die Niederlage der jetzigen Regierung zu hindern, der aber bis zum Tode kämpfen würde, ehe er sich von dem Weibe seines Herzens trennen ließe. Denn ein gutes, liebendes Weib ist das Höchste, was Gott dem Manne gewähren kann, und kein Mann von Mut und Ehre wird sich sein Weib rauben lassen, so lange noch ein Tropfen Blut warm durch seine Adern rollt."

Sechstes Kapitel.

„Nun, Herr Forest," sagte ich, als ich wiederum mit meinem Vorgänger in der Professur zusammentraf, „teilen Sie mir doch freundlichst mit, wie groß das Jahreseinkommen jedes Bewohners der Ver. Staaten von Amerika ist."

„Das Einkommen wurde letztes Jahr auf 204 Dollars berechnet," antwortete Forest.

„Zweihundertundvier Dollars sagen Sie?" rief ich erstaunt. „Ist das Alles? Nach den Angaben des Dr. Leete und nach seiner Lebensweise hatte ich angenommen, daß der Betrag mindestens dreimal so groß sein müßte."

Forest lächelte. „Wie hoch war das durchschnittliche Jahreseinkommen der Bewohner der Ver. Staaten zu Ihrer Zeit?" fragte er.

Ich mußte gestehen, daß ich keine Vorstellung davon hatte.

„Es betrug 165 Dollars," sagte Herr Forest, „doppelt so viel, wie das Durchschnittseinkommen der Bewohner Deutschlands und Frankreichs."

Ich wurde durch diese Zahlenangaben ganz verwirrt. Ich hatte mich niemals mit volkswirtschaftlichen Übersichten beschäftigt und jährlich wohl zwanzigmal 165 Dollars verausgabt. Ich erinnerte mich nur, einmal in den Zeitungen gelesen zu haben, daß der Jahresverdienst aller arbeitenden Männer, Frauen und Kinder sich auf mehr als vierhundert Dollars beliefe und ich hatte eine dunkle Vorstellung, daß das Jahreseinkommen der Männer durchschnittlich etwa 600 Dollars war. Ich teilte dies Herrn Forest mit.

„Sie haben bei Ihrer Berechnung die Frauen und Kinder nicht berücksichtigt, welche nichts verdienten, sondern von dem Einkommen ihrer Gatten, Väter oder Brüder lebten," erklärte Forest. „Ein Jahreseinkommen von 204 Dollars für alle Männer, Frauen und Kinder würde demnach eine erhebliche Zunahme des Volksreichtums anzeigen, wenn die Zahl richtig berechnet wäre. Das ist aber nicht der Fall. Um den Volkswohlstand recht groß erscheinen zu lassen, wird der Wert aller Arbeitserzeugnisse viel höher angegeben, als in Ihren Tagen. Die natürliche Folge ist, daß die Kaufkraft des Dollars auf unseren Guthabensscheinen geringer ist, als der des Dollars zu Ihren Zeiten. Ich habe die Preise aller Lebensbedürfnisse und Luxusgegenstände in den Jahren 1900 und 2000 miteinander verglichen und gefunden, daß die Preissteigerung sich auf nahezu 95 Prozent beziffert. Das wirkliche Jahreseinkommen unserer Bevölkerung beläuft sich demnach nur auf etwa 112 Dollars; es hat also nicht um 24 Prozent zugenommen, sondern ist um 33 Prozent geringer geworden."

„Wie erklären Sie diese auffälligen Angaben?" fragte ich.

„Diese Frage ist leichter gestellt, als beantwortet," meinte Forest.

„Ich bin sehr gespannt auf Ihre Erklärung," bemerkte ich. „Dr. Leete hat so viele annehmbare Gründe gegeben für die „Armut, welche die Folge unseres absonderlichen Wirtsschaftssystems war,"[29] daß ich von dem größeren Reichtum Ihres Volkes ganz überzeugt wurde. Er erwähnte die häufigen „verfehlten Unternehmungen" im neunzehnten Jahrhundert, den „Verlust durch Konkurrenz", die „periodische Überproduktion" von Werten aller Art, mit darauffolgenden Arbeitsstockungen, den Verlust, „den die Nichtbeschäftigung von Kapital und von Arbeitskraft zu allen Zeiten verursacht"[30] und er hob besonders hervor, daß von fünf Unternehmungen im neunzehnten Jahrhundert vier fehlschlugen, „ehe eine erfolgreiche kam."[31]

„Ja! Ich kenne die Ansichten und Gründe, welche Dr. Leete geltend macht, aus seinen gelegentlichen Reden, sowie aus den Aufsätzen, die er zuweilen für Regierungszeitungen liefert," entgegnete Forest. „Und er hat unzweifelhaft noch andere Ursachen geltend gemacht, welche die Arbeit Ihrer Zeit schädigten. Wahrscheinlich hat er Sie auch aufmerksam gemacht auf die Kosten, welche das Heer und die Flotte veranlaßten, sowie die Zoll- und Steuerbeamten, die Steuereinschätzer und Einnehmer, die vielen Richter und andere Beamte, welche Sie brauchten. Er wird auf die viele Arbeit verwiesen haben, welche das Waschen und Kochen in den einzelnen Haushaltungen verursachte, sowie auf die große Anzahl von Zwischenhändlern, welche die Waren durch ihre Hände gehen ließen, ehe die Arbeitserzeugnisse von den Arbeitern zu denjenigen gelangten, welche sie gebrauchten. Und Dr. Leete wird auch die Rechtsanwälte, Bankiers, sowie deren Gehilfen erwähnt haben, welche zwar in ihrer Art arbeiteten, aber keine Werte hervorbrachten. Alle die Arbeitskräfte, welche in jenen Berufszweigen beschäftigt waren, sind jetzt dem Arbeiterheere einverleibt worden."

„In der That," sagte ich, „Dr. Leete hat die meisten Ursachen für die Armut unseres Zeitalters, welche Sie da namhaft machten, mir aufgezählt. Und da jene Übel jetzt wegfallen, erscheint es mir ganz natürlich, daß unter Ihrem Arbeitssystem das durchschnittliche Jahreseinkommen des Volkes ein größeres sein muß, und es wundert mich nur, daß die Zunahme des Wohlstandes nicht noch größer ist."

„Ich werde keine Zeit damit verschwenden," begann Forest wieder, „eine eingehende Untersuchung darüber anzustellen, wie groß der Verlust war, welcher aus all' jenen Ursachen für die Arbeit des neunzehnten Jahrhunderts entstand. Es scheint mir aber, daß Sie die Wirkung derselben überschätzen. Unglückliche Spekulationen schädigten beispielsweise allerdings die Unternehmer, aber in den meisten Fällen erzeugten sie doch Werte, welche den Volksreichtum vermehrten und schließlich anderen zu gute kamen. Der „wahnsinnige Wettbewerb" dagegen machte die Waren billiger, vermehrte dadurch deren Verbrauch und dadurch wieder deren Herstellung und gereichte somit der Menschheit doch auch wieder zum Nutzen. Die Behauptung, daß vier Unternehmungen im neunzehnten Jahrhundert fehlschlugen, ehe eine Erfolg hatte, ist eine jener Angaben des Dr. Leete, welche der vereinte Glaube von zehn der stärksten Männer nicht verdauen könnte. Sie müssen selbst am besten beurteilen können, daß das eine unsinnige Übertreibung ist."

„Die Ersparnisse, welche aus dem gemeinschaftlichen Kochen entstehen, haben wir bereits untersucht," fuhr Forest fort. „Wenn in der That ein Vorteil daraus entsteht, so ist er in den Städten gering, auf dem Lande noch geringer und keinenfalls bietet er Entschädigung für den Verlust an häuslichem Behagen, welcher daraus entsteht. Ferner müssen wir berücksichtigen, daß viele Richter, Rechtsanwälte, Bankiers, Beamte und Zwischenhändler, sowie deren Gehilfen Männer waren, welche das einundzwanzigste Lebensjahr noch nicht erreicht, oder das fünfundvierzigste Lebensjahr bereits zurückgelegt hatten. Diese Leute, welche außerhalb des Dienstalters des Arbeiterheeres standen, sind also abzurechnen von denjenigen, deren unproduktive Thätigkeit als ein Verlust angesehen werden muß."

„Dennoch müssen die Verluste, welche aus schlecht angelegtem Kapital und schlecht geleisteter Arbeit, sowie aus vielen andern Ursachen entstanden, ganz ungeheuer gewesen sein," sagte ich. „Und diese Verluste machen die große Armut des Volkes am Ende des vorigen Jahrhunderts sehr erklärlich."

„Unzweifelhaft würde dem so sein," meinte Forest, „wenn nicht andere Ursachen für eine Abnahme unserer Leistungsfähigkeit wirksam wären. Aber solcher Ursachen giebt es mehrere und Sie werden deren Tragweite wohl erkennen, wenn ich Sie darauf aufmerksam mache. Die Hauptursache, welche den beständigen Rückgang in der Menge, wie in der Güte unserer Arbeitserzeugnisse verschuldet, liegt in der Beseitigung des Wettbewerbes. Diese Riesenkraft war es, welche während der ersten neunzehn Jahrhunderte christlicher Civilisation jedermann antrieb, seine besten Geistes- und Körperkräfte einzusetzen. Seit aber der Kommunismus eingeführt worden ist, seitdem der faulste Arbeiter ebenso viel erhält, wie der fleißigste, d. h. seitdem der Fleißige zu Gunsten des Faulen um einen Teil seiner Arbeitsergebnisse beraubt wird, seitdem jedermann sicher ist, einen gleichen Anteil von den Arbeitsergebnissen zu erhalten, gleichviel ob er viele und gute, oder wenige und schlechte Arbeit geliefert hat, — seitdem werden die Massen des Volks von Jahr zu Jahr gleichgültiger und träger. Sie setzen nicht mehr ihre besten Kräfte ein, um gute und viele Arbeit zu liefern. Sie machen sich das Leben bequem. Die geistigen wie die körperlichen Fähigkeiten sind in beständiger Abnahme begriffen. Das Volk der Ver. Staaten, einst berühmt wegen seiner Findigkeit und Thatkraft, entartet. Die Beförderung der Tüchtigsten hätte vielleicht als Sporn dienen können, hätte nicht die Günstlingswirtschaft der Politiker alle guten Stellungen für die Verwandten jener Wahlzutreiber in Anspruch genommen, welche die Helfershelfer der Regierung sind."

„Ein anderer Grund für die Abnahme des Volkswohlstandes ist die Verkürzung der Arbeitszeit, sowohl der Jahre, wie der täglichen Arbeitsstunden. Es ist sehr schwierig festzustellen, wie viele Menschen beiderlei Geschlechts in den verschiedenen Lebensaltern zu Ihrer Zeit in nutzbringender Thätigkeit beschäftigt waren. Die letzte Volkszählung, welche in den Ver. Staaten veranstaltet wurde, ehe Sie in Ihren hundertjährigen Schlaf fielen, fand im Jahre 1880 statt. Der Bericht ist ein sehr ausführlicher sowohl in Bezug auf die Zahl der Leute verschiedenen Lebensalters, sowie auch in Hinsicht auf ihre Abstammung u. s. w. Aber in Bezug auf das Alter der Arbeiter giebt der Bericht nur drei Abteilungen. Die erste umfaßt alle Leute unter 15 Jahre, die zweite alle Menschen zwischen 16 und 59 und die dritte alle Arbeiter über 60 Jahre. Von Mädchen Und Knaben unter 15 Jahren wurden 1 118 356 beschäftigt; im Alter von mehr als 60 Jahren 1 004 517 Leute, von welchen 70 873 Frauen waren. Von 50 155 783 Bewohnern der Ver. Staaten gehörten nicht weniger als 17 392 099 dem Arbeiterheere an, wovon 2 647 157 weiblichen Geschlechts waren, die Dienstmädchen eingerechnet."

„Ich erinnere mich, diese Zahlen gelesen zu haben," bemerkte ich.

„Der Census von 1880 zeigt also, daß über 12 Prozent der Bevölkerung in den Ver. Staaten, welche zur Arbeiterarmee gehörten, unter 15 oder über 60 Jahre alt waren," rechnete Forest weiter. „Das ist allerdings ein recht trübseliger Ausweis. Mädchen und Knaben unter 15 Jahren sollten noch Schulen besuchen und Leute, welche das sechzigste Lebensjahr zurückgelegt haben, sollten ein genügendes Auskommen besitzen und nicht mehr zur Arbeit gezwungen sein. Darüber kann aber kein Zweifel bestehen, daß am Ende des letzten Jahrhunderts das Arbeiterheer verhältnismäßig viel stärker war, als es heute ist. Denn nach der Zählung von 1880 lebten in den Ver. Staaten 15 527 215 Menschen im Alter von 21 bis 45 Jahren, das Arbeiterheer zählte aber 17 392 099 Menschen; mithin beschäftigten Sie 2 173 184 Leute mehr, als sich in dem Alter befanden, welches wir zum dienstpflichtigen gemacht haben. Dabei wäre denn angenommen, daß alle Leute, welche sich bei uns im dienstpflichtigen Alter befinden, auch wirklich Dienst thun; was aber bekanntlich nicht der Fall ist. Denn die Kranken, die Blödsinnigen, die Krüppel, die Mütter kleiner Kinder und andere verrichten keine Arbeit im Heere. Sie werden hiernach zugestehen müssen, daß Ihre Zeitgenossen eine verhältnismäßig viel größere Arbeiterarmee aufstellten, als wir dies thun."

„Das scheint mir unbestreitbar zu sein," antwortete ich.

Forest zog nun ein Blatt Papier aus der Tasche und rechnete weiter: „Hier ist ein Verzeichnis aller derjenigen Berufszweige, welche ich dem Census von 1880 entnommen habe und welche Sie als unproduktiv bezeichnen können. Ich habe manche Thätigkeiten als unproduktiv angeführt, über deren Nützlichkeit und selbst Notwendigkeit sich streiten ließe. Viele dieser Leute haben durch ihre Arbeit zum mindesten solchen Menschen Zeit gespart, welche Werte hervorbrachten. Manche Frauen hätten sich vielleicht nicht als Künstlerinnen, Sängerinnen oder dergleichen ausbilden lassen und später in ihrem Berufe wirken können, wenn sie nicht Hilfe im Haushalte gefunden hätten. Diese Dienstboten eingeschlossen, waren aber im Jahre des Herrn 1880 in den Ver. Staaten 1 654 319 Menschen mit Arbeiten beschäftigt, welche Dr. Leete als unproduktiv bezeichnen würde. Wenn wir diese 1 654 319 Menschen von den 2 173 084 Leuten abziehen, welche Sie über die Zahl der im dienstpflichtigen Alter befindlichen Personen hinaus dem Arbeiterheere eingereiht hatten, so stellten Sie immer noch 518 765 mehr Leute, als 1880 in den Ver. Staaten im Alter zwischen 21 und 45 Jahren lebten."

Ich ermunterte Herrn Forest, in seinen Auseinandersetzungen fortzufahren und er sagte: „Sie hatten also im Jahre 1880 unzweifelhaft viel mehr Leute in nutzbringender Thätigkeit beschäftigt (im Verhältnis zu Ihrer Bevölkerungszahl natürlich) als wir. Nun bedenken Sie noch, daß die Arbeiter Ihrer Tage sämtlich durch den Wettbewerb angespornt wurden, daß sie danach strebten, einmal unabhängig zu werden, um ein sorgenfreies Alter genießen zu können und daß sie zur Erreichung dieses Zieles ihre besten Kräfte einsetzten. Ihre Zeitgenossen arbeiteten also mehrere Jahre länger als wir, die tägliche Arbeitszeit war eine längere, der Sporn des Wettbewerbes wirkte mächtig auf alle ein und so war es denn nur natürlich, daß zu Ihrer Zeit verhältnismäßig viel mehr und viel bessere Arbeit geliefert wurde, als heutzutage."

„Das werde ich wohl zugeben müssen," sagte ich.

„Und die Art unserer Gesellschaftsordnung drängt immer mehr darauf hin, daß die Arbeitszeit noch weiter verkürzt werde und daß die Arbeitsergebnisse noch geringer und schlechter werden, als sie schon sind," setzte Forest seine Darlegung fort. „Da sind z. B. die Bauern, welche mit der jetzigen Gesellschaftsordnung so unzufrieden wie möglich zu sein scheinen. Sie beklagen sich bitter darüber, daß sie in Bezug auf die Anlage von Theatern, Museen, Konzerthallen und anderen öffentlichen Anstalten gegen die Bewohner der Städte zurückgesetzt werden. Auch behaupten unsere Bauern, daß ihre Arbeit viel schwerer sei, als die der Städter. Die Folge der Unzufriedenheit war ein Andrang der Landbevölkerung nach den Städten, der viel größer ist, als der, über welchen schon zu Ihrer Zeit geklagt wurde. Das Land würde sehr bald an allen Ackerbauerzeugnissen Mangel gelitten haben, wenn die Regierung dem Andrange des Landvolks nach den Städten nicht Einhalt gethan hätte. Aber man hieß die Ankömmlinge nicht willkommen. Es wurde ihnen einfach befohlen, Landarbeit zu thun. Damit war ihrem Wunsche, in der Stadt zu leben, ein Ende gemacht; aber auch ihrem Ehrgeiz und ihrem Arbeitstriebe.

Die Landleute sind jetzt davon überzeugt, daß ihnen andere Stellungen verschlossen sind, daß sie Zeit ihres Lebens die Acker bauen müssen und daß die Städter auf ihre Kosten ein besseres Leben führen. Die Folge ist, daß sie so wenig und schlecht wie möglich arbeiten und daß die Ackerbauerzeugnisse immer weniger werden. Schon wiederholt haben Leute aus der zweiten Abteilung des dritten Grades der städtischen Zünfte als Hilfsarbeiter auf das Land geschickt werden müssen, um eine Hungersnot abzuwenden."

„Teilen Sie mir das Schlimmste mit," sagte ich mit einem erzwungenen Lächeln; denn ich sah das herrliche Luftschloß, welches Dr. Leete vor mir errichtet hatte, unter dem Artilleriefeuer der Forestschen Logik zusammenstürzen. „Wir haben gesehen," nahm Forest den Faden seiner Auseinandersetzungen wieder auf, „daß das Arbeiterheer im Jahre 1880 verhältnismäßig viel stärker war, als das unsrige ist, daß die Arbeitszeit eine längere war, und daß die Arbeiter durch den Wettbewerb angeregt wären, ihre ganze Leistungsfähigkeit zu entwickeln. Sie müssen aber auch berücksichtigen, daß wir eine ungeheure Arbeitskraft mit der Aufsicht und mit der Buchhalterei vergeuden. Ihr Kleinhandel wurde größtenteils gegen Barzahlung betrieben und die kleinen Geschäftsleute besorgten ihre geringe Buchhalterei abends nach Schließung ihrer Läden. Wir dagegen haben für jeden Mann, für jede Frau und für jedes Kind ein „Soll und Haben" in den Büchern der Regierung eingerichtet[32] . Wir haben eine Kanzlei, wo „die Ärzte über ihre Thätigkeit regelmäßig Bericht zu erstatten" haben.[33] Wir haben eine andere Kanzlei, wo Buch geführt wird über die Hilfe, welche jemand von der Arbeiterarmee in Anspruch nimmt; sei es für Hausarbeit oder für andere Zwecke. Dort wird das Konto desjenigen belastet, welcher die Hilfe in Anspruch nimmt und das Konto desjenigen wird kreditiert, der die Hilfe leistet.[34] Wir haben Kanzleien für jeden Zweig der menschlichen Arbeit und dieselben dürfen als Musteranstalten für die beste Art gelten, in welcher eine Regierung menschliche Arbeitskraft vergeuden kann. Das ganze Feld der produzierenden Arbeit ist, wie Sie wissen, in zehn große Abteilungen abgegrenzt worden. Jede dieser letzteren umfaßt eine Gruppe verwandter Thätigkeitszweige. Jede dieser Unterabteilungen hat wiederum ihre eigne Kanzlei und diese Kanzlei führt genau Buch über alles was in der betreffenden Zunft geschieht, über vorhandene Betriebsmittel, die geleistete Arbeit und so weiter, sowie über die jetzige Leistungsfähigkeit und über die Möglichkeit, letztere zu erhöhen. Eine besondere Abteilung, welche den Warenversandt besorgt, ermittelt auch den mutmaßlichen Verbrauch und nachdem diese Ermittelungen von der Regierung gut geheißen worden sind, erhält jede der zehn großen Abteilungen ihre Arbeit zugeteilt, diese zehn Abteilungen vergeben die Arbeit an die einzelnen Zünfte und diese setzen ihre Leute in Thätigkeit."

„Jedes Betriebsamt ist für die ihm zuerteilte Arbeit verantwortlich und seine Thätigkeit wird durch die betreffende Berufsgenossenschaft und die Generalverwaltung kontrolliert."

„Das ‚Verteilungsamt nimmt keine Warenlieferung an, ohne sich selbst von der Beschaffenheit derselben überzeugt zu haben', und so genau ist die Durchführung, daß ein Gegenstand, der sich in den Händen des Verbrauchers als unbefriedigend erweist, „bis zu demjenigen Arbeiter zurückverfolgt werden, welcher mit der Herstellung des speziellen Stückes betraut gewesen war."[35]

„Diese ungeheure Buchhalterei und Aufseherei, welche die Regierung in den Stand setzt, die Arbeiter zu ermitteln, welche eine schadhafte Nadel oder eine schlechte Cigarre gemacht haben, ermöglicht es ihr auch, für ihre Günstlinge zahllose gute Stellungen offen zu halten; aber die Produktionskraft des Volkes und die Menge der erzeugten Werte werden natürlich dementsprechend vermindert. Dazu kommt, daß die Zahl der Verbraucher größer ist als früher."

„Wie erklären Sie das?" fragte ich.

„Hat Dr. Leete Ihnen nicht mitgeteilt, daß Leute von gewöhnlicher Konstitution in der Regel 85 bis 90 Jahre alt werden?"[36]

„Allerdings."

„Nun wohl. Dies erklärt die vermehrte Anzahl von Verbrauchern, welche sämtlich ihren vollen Anteil an den Arbeitserzeugnissen in Gestalt eines Guthabensscheins beanspruchen", erklärte Forest. „Die Leute leben heut länger, als Ihre Zeitgenossen. Sie machen sich das Leben bequem und während die Geistesschärfe, die Thatkraft und der Unternehmungsmut beständig abnehmen, vegetiert der Körper länger."

„Endlich gestehen Sie doch einmal eine Errungenschaft des jetzigen Systems zu," rief ich.

„Wenn das überhaupt eine Errungenschaft ist," meinte Forest, „auf Kosten des geistigen Lebens und Wirkens eine Lebensverlängerung des verdummenden Menschen zu erzielen." —

Und nach einer kurzen Pause schloß Forest seine Auseinandersetzungen über die kommunistische Gesellschaftsordnung am Ende des zwanzigsten Jahrhunderts folgendermaßen:

„Ich glaube nachgewiesen zu haben, daß unser Staatswesen mit seinen auf die angebliche Gleichheit aller Menschen begründeten Einrichtungen ein Fehlschlag ist, daß die in der Natur begründete Ungleichheit jetzt in mancher Hinsicht viel drückender ist, als zu Ihrer Zeit, daß Günstlingswirtschaft und Korruption heut ebenso wuchern, wie vor 113 Jahren, daß von persönlicher Freiheit fast keine Spur mehr vorhanden und an deren Stelle eine unerträgliche Knechtschaft verbunden mit Kriecherei und Augendienerei gegenüber den Vorgesetzten getreten ist, daß die Angehörigen des Arbeiterheeres, des Stimmrechts beraubt, der Gnade oder Ungnade ihrer Offiziere preisgegeben sind, daß diejenigen Mitglieder der „industriellen Armee," welche als Gegner der Regierung gelten, ein elendes Leben führen müssen, das man wohl als „eine vierundzwanzigjährige Höllenpein auf Erden" bezeichnen kann, und daß die Abschaffung des Wettbewerbes sowohl einen Rückgang der Geisteskräfte, wie des Volkswohlstandes zur Folge hatte. In der That haben die Beseitigung des Wettbewerbes, die Abkürzung der Arbeitsjahre sowohl wie der Arbeitsstunden und die Erschaffung zahlloser Sinekuren für faulenzende Günstlinge und Maitressen der einflußreichen Politiker die Produktion dermaßen vermindert, während die Zahl der Verbraucher sich beständig vermehrt hat, daß unser durchschnittliches Jahreseinkommen heut kaum noch größer ist, als das eines gewöhnlichen Arbeiters Ihrer Tage. Es gewährt uns nur ein sehr mäßiges Auskommen. Und es kann meiner Ansicht nach keinem Zweifel unterliegen, daß die Menschheit, wenn sie unter diesem System weiter lebt, in einigen Jahrhunderten in Barbarei zurückversinken muß."

Siebentes Kapitel.

„Sie waren so liebenswürdig, mir Ihre Ansichten über die jetzige Gesellschaftsordnung vorzutragen," begann ich meine nächste Unterredung mit Herrn Forest; „Sie haben aber auch gelegentlich die Meinung geäußert, daß die Gesellschaft am Schlusse des neunzehnten Jahrhunderts mancherlei Verbesserungen bedurfte. Würden Sie mir wohl jetzt mitteilen, durch welche Maßregeln Sie den Übeln meines Zeitalters entgegen gewirkt hätten?"

Forest lächelte. „Ich halte mich nicht für einen Weltverbesserer, der die Menschheit Und deren Einrichtungen vollkommen machen kann. Vergessen Sie niemals, daß wir alle mit Wasser kochen müssen, d. h. daß alles, was wir unvollkommenen Menschen leisten können, den Stempel menschlicher Unvollkommenheit an sich tragen muß. Wie jeder denkende Mensch habe auch ich meine Ansichten über die gesellschaftlichen Einrichtungen, und wenn Sie diese Ansichten hören wollen, will ich sie Ihnen gern mitteilen."

„Ich bitte darum."

„Was viele Leute die sociale Frage nennen, ist unlösbar," begann Forest. „Die von der Natur begründete Verschiedenartigkeit wird sich bei den Menschen stets fühlbar machen. Jeder Versuch zur Gleichmacherei muß fehlschlagen. Es wird stets kluge und dumme, fleißige und faule Leute geben. Tüchtige Frauen und Männer werden nie damit zufrieden sein, daß man die Arbeitsergebnisse gleichmäßig verteilt und ihnen dadurch einen Teil der Frucht ihrer Thätigkeit raubt. Werden aber die Arbeitserzeugnisse nach Verdienst verteilt, so werden viele derjenigen, welche weniger erhalten, unzufrieden sein.

Deshalb ist es unmöglich, alle Menschen zufrieden zu stellen, gleichviel, wie die Früchte der Arbeit verteilt werden. Aber die Unmöglichkeit, jeden ganz zufrieden und glücklich zu machen, entbindet uns nicht von der Verpflichtung, mit allen Kräften eine Verbesserung unserer Zustände zu erstreben."

„Ich begreife Ihre Stellung. Aber lassen Sie mich hören, welche Verbesserungen Sie vorgeschlagen haben würden, wenn Sie am Schlusse des letzten Jahrhunderts gelebt hätten."

„Die Gesellschaft Ihrer Tage krankte vornehmlich an der planlosen Arbeitsweise, an der Monopolwirtschaft, welche die Anhäufung riesiger Reichtümer ermöglichte, und an einem einsichtslosen Arbeiterstande, der sich lieber der Ausbeutung unterwarf, oder die Thätigkeit ganz einstellte, anstatt einfach durch Begründung von Arbeitergenossenschaften nach und nach alle Zweige menschlicher Thätigkeit auf Gegenseitigkeit zum besten der Arbeitenden zu übernehmen. Ein großer Übelstand war auch die Ungerechtigkeit Ihrer Besteuerung.

„Auf fast allen Gebieten menschlicher Thätigkeit wurden Werte erzeugt, ohne daß jemand eine klare Vorstellung von dem wirklichen Verbrauche hatte. Die Landwirtschaft lieferte alljährlich einen großen Überschuß ihrer Erzeugnisse und letztere waren daher meist so billig, daß die Bauern ein ziemlich kümmerliches Leben führen mußten. Viele Fabriken arbeiteten Tag und Nacht, bis der Markt mit ihren Waren überfüllt war. Dann wurden diese zu jedem Preise losgeschlagen, manchmal unter den Herstellungskosten, zahlreiche Bankerotte folgten, die Fabriken wurden geschlossen und die Fabrikanten, wie Ihre Arbeiter, erlitten schwere Verluste durch ihre unfreiwillige Unthätigkeit, bis der Überschuß an Waren aufgebracht war. Dann begann aufs neue eine fieberhafte Thätigkeit."

„Wie würden Sie diese Übelstände bekämpft haben?" fragte ich.

„Ein Bundesamt hätte feststellen müssen, wie groß der durchschnittliche Jahresverbrauch der verschiedenen Lebensbedürfnisse war und wie sich die Leistungsfähigkeit der betreffenden Berufszweige zur Erzeugung solcher Waren zum Verbrauch verhielt."

„Und was dann? Hätte dann die Regierung den verschiedenen Berufszweigen einen Auftrag zur Herstellung gewisser Erzeugnisse geben sollen? Und wie hätten diese Aufträge so verteilt werden können, daß die Arbeiter damit zufrieden gewesen wären?"

„Die Bundesregierung hätte einfach den Jahresverbrauch der verschiedenen Waren und die Leistungsfähigkeit der Berufszweige zur Erzeugung der erforderlichen Waren feststellen sollen. Sache der Berufsgenossenschaften wäre es dann gewesen, die Produktion zu regeln. Solche Ermittelungen der Regierung, welche den ungefähren Bedarf feststellten, hätten der arbeitenden Menschheit eine ziemlich klare Vorstellung von ihren Aufgaben gegeben. Jeder Berufszweig hätte sich organisieren, Vertreter zu einer Nationalkonvention wählen und auf dieser die Arbeit verteilen können. Die Arbeit ins Blaue hinein, die Überfüllung der Märkte mit ins Massenhafte erzeugten Waren, hätte so vermieden werden können; und doch wäre der W e t t b e w e r b , sowohl zwischen den verschiedenen Fabriken, wie zwischen den einzelnen Arbeitern a u f r e c h t e r h a l t e n worden, der Wettbewerb, durch den allein tüchtige und reichliche Arbeitsleistungen erzielt werden."

„Wenn aber trotzdem mehr Waren hergestellt worden wären, als verbraucht wurden," wandte ich ein.

„Das würde natürlich der betreffende Berufszweig verschuldet haben und die übeln Folgen würden auf ihn gefallen sein," entgegnete Forest.

„Angenommen aber, daß sämtliche Angehörige eines Gewerbes sich zu dem Zwecke verständigt hätten, für ihre Erzeugnisse einen unverhältnismäßig hohen Preis zu verlangen und das zu bilden, was man zu meiner Zeit einen ‚Trust' nannte," fragte ich. „Wie wären Sie einer solchen Ausbeutung des Volkes begegnet?"

„Ein Bundesgesetz hätte das Volk gegen jeden solchen Raubversuch schützen können, welches verordnete, daß alles Eigentum der an solchen Raubplänen beteiligten Leute, Genossenschaften und Gesellschaften von den Ver. Staaten beschlagnahmt und an den Meistbietenden verkauft werden solle, sobald ein annehmbares Gebot erfolge. Bis dahin hätte die Regierung durch Verwalter den Betrieb besorgen lassen oder letzteren einstellen können. Die Einfuhr hätte unter Umständen den Bedarf gedeckt, bis der volle Betrieb wieder aufgenommen worden wäre."

„Und wie würden Sie die vielen Arbeitseinstellungen gehindert haben, welche die Erwerbsthätigkeit unserer Tage so oft störten?" fragte ich weiter.

„Durch Ermutigung der Arbeiter zur Begründung von Produktivgenossenschaften," antwortete Forest. „Ich habe bereits auseinander gesetzt, wie leicht solche Teilhaberschaften begründet werden konnten. Ein Dutzend Schneider oder Schuhmacher konnten einen Flur mit Dampfkraft mieten, einige Näh- und sonstige Maschinen anschaffen und ihre Arbeitserzeugnisse dann unmittelbar an andere Arbeiter verkaufen. Dadurch hätten sie sich den Gewinn der Fabrikanten, Großhändler, Kleinhändler und Arbeiter gesichert, d. h. allen Gewinn, der überhaupt in ihren Erzeugnissen steckte. Und es gab im Jahre 1887 kein Gesetz, welches die Arbeiter hinderte, derartige Produktivgenossenschaften zu begründen, oder ihre

Bedürfnisse an Kleidern, Schuhwerk, Möbeln u. s. w. nur von Produktivgenossenschaften zu kaufen. Die Fabrikanten würden, sobald es offenbar geworden, daß die Arbeiter nur von Produktivgenossenschaften kaufen wollten, sehr gern bereit gewesen sein, ihre Einrichtungen billig herzugeben, billiger, als die neuen Gesellschaften sie hätten einrichten können. Ich meine, es müsse kein Vergnügen gewesen sein, zu ihrer Zeit ein Geschäft zu leiten, in welchem viele Leute arbeiteten. Denn die vielen Arbeitseinstellungen müssen es den Geschäftsleitern fast unmöglich gemacht haben, Voranschläge für das nächste Jahr zu berechnen, oder Kontrakte abzuschließen. Deshalb würden, wie ich mir vorstelle, die Eigentümer von Fabriken froh gewesen sein, wenn sie ihre Einrichtungen zu einigermaßen günstigen Preisen hätten verkaufen können. Und die Arbeiter hätten nichts Gescheiteres thun können, als die Fabrikanten zu veranlassen, die Leitung der Geschäfte gegen eine angemessene Bezahlung weiter zu führen. Dies würde den ferneren erfolgreichen Geschäftsbetrieb wesentlich erleichtert haben. Bei einem solchen Abkommen würden die Arbeiter durch monatliche Abschlagszahlungen Eigentümer geworden sein, sie würden sich dadurch die volle Bezahlung für ihre Arbeit gesichert haben, der frühere Eigentümer hätte für seine Einrichtungen einen angemessenen Preis erhalten, wäre aller Sorgen ledig und erhielte für seine Arbeit auch eine angemessene Bezahlung."

„Ich glaube, daß den meisten Fabrikanten und Geschäftsleuten meiner Zeit durch die unaufhörlichen neuen Forderungen und Streiks ihrer Leute die Leitung großer Unternehmungen so verekelt war, daß sie ihren Besitz gern verkauft hätten," bemerkte ich. „Aber was wäre aus den Groß- und Kleinhändlern geworden?"

„Sie hätten ihre Waren verkaufen und sich dann entweder einer Genossenschaft anschließen oder den Laden einer solchen verwalten können. Auch stand es ihnen frei, sich eine andere Berufsthätigkeit zu suchen," entgegnete Forest. „Die Arbeiter Ihrer Tage hätten in der angedeuteten Weise einen Berufszweig nach dem andern auf genossenschaftlicher Grundlage organisieren können, bis die gesamte Industrie durch große, in Nationalverbände vereinte, Genossenschaften betrieben worden wäre."

„Aber unsere Arbeiter wollten die Verantwortlichkeit, die Sorgen und Wagnisse nicht übernehmen, welche von der Führung eines eigenen Geschäftes unzertrennlich sind. Sie zogen es vor, für Lohn zu arbeiten und versuchten es, diesen von Zeit zu Zeit zu erhöhen, indem sie die Arbeit einstellten und andere Leute verhinderten, die Plätze der Streiker einzunehmen," sagte ich. „Ihnen sind diese Verhältnisse jedenfalls bekannt."

„Allerdings," erwiderte Forest, „und es muß auf den unbeteiligten Beobachter einen trübseligen Eindruck gemacht haben, daß tüchtige Arbeiter, die ihr Geschäft gründlich verstanden, anstatt auf gemeinschaftliche Kosten eigene Geschäfte zu begründen, Lohnarbeiter blieben und aus ihren Arbeitgebern mehr Geld zu erpressen versuchten, als diese zahlen wollten oder konnten, dabei andere Leute gewaltsam verhindernd, für den vom Fabrikanten bewilligten Lohn zu arbeiten. Der Umstand, daß die Arbeiter am Ende des neunzehnten Jahrhunderts nicht Unternehmungsmut, geistige Befähigung und Unabhängigkeitssinn genug besaßen, für eigene Rechnung zu arbeiten, hat die menschliche Gesellschaft in den Kommunismus gestürzt. Daß diese fluchwürdige Staatsform ein kläglicher Fehlschlag werden mußte, war eine aus der menschlichen Natur erwachsende Notwendigkeit. Ein Geschlecht, welches noch auf einem so niedrigen Standpunkte der Entwicklung stand, daß die Schuhmacher nicht einmal thatkräftig und klug genug waren, für eigene gemeinschaftliche Rechnung Schuhe und Stiefel zu machen, sondern viel lieber ‚Lohnsklaven' blieben, streikten und andere Arbeiter prügelten, welche für den gebotenen Lohn arbeiten wollten; ein so kümmerliches Geschlecht war natürlich geistig durchaus unfähig, ein Staatswesen zu bilden, welches alle menschliche Thätigkeit und den Verbrauch aller Arbeitserzeugnisse regelt."

„Jedenfalls ist die Thätigkeit der Arbeiter auf gemeinschaftliche Rechnung die vernünftigste Lösung dessen, was viele Arbeiter auch heut noch die sociale Frage nennen," fuhr Forest fort, nachdem er eine kurze Pause gemacht hatte. „Solche Genossenschaften sichern den Arbeitern den vollen Lohn für ihre Thätigkeit und erhalten den Wettbewerb aufrecht, die mächtige Triebkraft zur Entwicklung der Menschheit. Ob wir aber diese Lösung der Arbeiterfrage erleben werden, erscheint sehr zweifelhaft."

„So weit die in Fabriken und Werkstätten beschäftigten Arbeiter in Frage kommen, erscheint mir Ihr Vorschlag in der That recht gut," gab ich zu. „Wie würden Sie aber die Arbeit auf dem Lande geregelt haben, die Thätigkeit der Ärzte und Rechtsanwälte, der Eisenbahnbeamten und - Arbeiter, der Angestellten an den Straßenbahnen, der Kaufleute, Bankiers und vieler anderer Berufszweige?"

„Lassen Sie uns schrittweise vorgehen," entgegnete Forest lächelnd. „Beschäftigen wir uns zunächst mit der agrarischen Frage, welche seit Menschengedenken jeder Umgestaltung der Gesellschaft die größten Schwierigkeiten bereitet hat. Unter der jetzigen kommunistischen Wirtschaft hegen die Ackerbauer nur wenig Liebe für den Boden, den sie bewirtschaften. Das Land gehört ihnen ebenso wenig, wie das, was sie demselben abgewinnen. Sie glauben, daß sie für die Städter arbeiten müssen, welche auf Kosten der Landbevölkerung bevorzugt werden. — Hätte man mich am Ende des neunzehnten Jahrhunderts gefragt, wie ich die

Landfrage behandeln wolle, so würde ich ein Gesetz befürwortet haben, nach welchem niemand mehr als 40 Acker besitzen dürfte. Diejenigen Bauern, welche damals mehr Land besaßen, hätten dasselbe behalten, aber nach ihrem Tode hätte niemand mehr als 40 Acker erben dürfen. Auf einem ‚Vierzig-Ackerstück‘ kann ein Bauer sehr gut leben und obschon in Ihren Tagen die Ackerbauer unter der Zuvielerzeugung von Vieh, Getreide und Früchten aller Art schwer zu leiden hatten, so entschädigte die Farmer doch die Aussicht auf die beständige Vermehrung der Bevölkerung, verstärkt durch Einwanderung, für die kümmerliche Gegenwart; denn die Bevölkerungsvermehrung steigerte natürlich den Wert der Farmländereien."

„Aber wie hätten Sie der Überproduktion landwirtschaftlicher Erzeugnisse Einhalt thun können, wodurch die Landbevölkerung im Jahre 1887 so schwer litt?" fragte ich.

„Das Bundesamt für Ermittelungen, auch statistisches Bureau geheißen, würde den Bauern ebenso gedient haben, wie dem übrigen arbeitenden Volke," versetzte Forest. „Die Bauern hätten einen Nationalverein bilden und dieser hätte die Produktion regeln sollen nach der Leistungsfähigkeit der Ackergüter des ganzen Landes. Und wenn es sich herausstellte, daß die Farmer ungleich mehr Ackerbauerzeugnisse hervorbringen konnten, als der Bedarf erforderte, dann hätten die Bauern einen Teil ihres Landes zum Anbau neuer Nutzpflanzen verwenden können, für welche sich vielleicht ein Markt gefunden hätte; oder sie hätten einfach Arbeit sparen können, indem sie einen Teil des Bodens brach liegen ließen."

„Nach Ihrer Ordnung der Dinge hätte nicht jedermann ein Anrecht an den Grund und Boden gehabt?" warf ich ein.

„Doch! Jedermann, welcher den Preis zahlen wollte und

konnte, den der Eigentümer dafür forderte," entgegnete Forest. „Es kann nicht jedermann ein Landgut besitzen. Besaßen Sie eins?"

„Nein."

„Nun wohl! Unter der kommunistischen Wirtschaft besitzt niemand auch nur so viel Land, daß man einen Stock hinein stecken könnte."

„Wie würden Sie die Thätigkeit der Ärzte und Rechtsanwälte geregelt haben?"

„Durch gesetzmäßige Feststellung einer Gebührentaxe. Und die Gesetze selbst würde ich sehr vereinfacht haben durch Beseitigung des schauderhaften Wirrwarrs, welcher aus einer sogenannten Rechtspflege entstand, die aus der Entscheidung zahlloser früherer Fälle hergeleitet wurde. Lange habe ich es nicht glauben wollen, bis ich ganz unzweifelhafte Angaben darüber fand, daß eine so viel Handel treibende Nation, wie die amerikanische es gegen Ende des neunzehnten Jahrhunderts war, weder ein einheitliches Kriminalgesetz, noch ein einheitliches Handelsgesetz besaß. Diese Thatsache und der Wirrwarr, welcher aus den einander widersprechenden Entscheidungen ähnlicher Fälle in früheren Prozessen folgte (Entscheidungen, welche stets von den Rechtsanwälten beider Parteien in einem Rechtsstreite vorgeführt werden konnten), müssen die Ver. Staaten am Ende des neunzehnten Jahrhunderts zu einem Paradiese für Schwindler und für solche Advokaten gemacht haben, welchen es weniger um die Feststellung des Rechts zu thun war, als um einen möglichst hohen „Ehrensold"; oder, besser gesagt, Sündenlohn."

„Solche Anklagen wurden zu meiner Zeit vielfach gegen die Rechtspflege und gegen die Rechtsanwälte erhoben," schaltete ich ein. „Aber nun sagen Sie mir, was Sie mit den

Angestellten der Eisenbahn- und Telegraphenlinien gethan hätten; mit ....."

„Fragen Sie gefälligst etwas langsamer," ersuchte mich Herr Forest. „Ich würde alle Eisenbahn- und Telegraphenlinien des Landes zu einem angemessenen Preise aufgekauft und Bundesschuldscheine zur Bezahlung ausgegeben haben. Die Einnahmen der Eisenbahnen- und Telegraphenlinien würde ich zur Zahlung der laufenden Ausgaben und zur Verzinsung der ausgegebenen Schuldscheine benutzt haben, die Überschüsse im Bundesschatzamte aber zur Bezahlung der ausgegebenen Bonds."

„Mir scheint, als stände dieser Vorschlag im Widerspruche mit dem, was Sie in Bezug auf die schauderhaften Zustände sagten, die eine Folge der Ansammlung zu großer Macht in den Händen der Regierung sein sollen," fragte ich.

„Nein," antwortete Forest. „Zur Herbeiführung solcher Zustände, wie die jetzigen, wären die Eisenbahn- und Telegraphenämter nicht zahlreich genug, abgesehen davon, daß j e tz t alle Arbeiter von der Regierung ganz abhängig sind, keine Stimme bei der Erwählung der Beamten haben, und ihre Arbeitgeber nicht wechseln können, weil der Staat der einzige Arbeitgeber ist; während zu Ihrer Zeit alle Beamten das Wahlrecht hatten und ihre Stellungen mit andern vertauschen konnten, wenn sie unzufrieden wurden. Auch erinnere ich mich, daß man zu Ihrer Zeit mit der Reformierung des Beamtenwesens begonnen hatte. Ich habe darüber widersprechende Urteile gelesen. In manchen Aufsätzen wurde behauptet, daß die Sicherheit der republikanischen Einrichtungen einen häufigen Wechsel der Beamten erfordere; während in andern Schichten diese Ansicht als lächerlich verspottet wurde. Jeder vernünftige Mensch würde einen Mann, der ihm treu und umsichtig diene, so lange wie möglich behalten. Das Volk solle dasselbe thun, und seine Angestellten so lange behalten, wie sie ihre

Schuldigkeit thäten; gleichviel welcher politischen Partei sie angehörten. Nur dadurch könnte eine gute Verwaltung der öffentlichen Angelegenheiten erzielt werden. Ich entsinne mich gelesen zu haben, daß Briefträger und andere im Postdienst Angestellte nicht entlassen werden durften, wenn man ihnen keine Pflichtverletzung nachweisen konnte. Wenn diese Grundsätze auf alle Angestellten des Eisenbahn- und Telegraphenwesens angewendet worden wären, von dem Augenblick an, da diese Einrichtungen in die Verwaltung der Ver. Staaten übergingen; wenn alle Angestellten mit denselben Gehältern, die sie früher bezogen, beibehalten worden wären, so lange sie ihre Schuldigkeit thaten, so hätte die Übernahme des Eisenbahn- und Telegraphenwesens und die Vereinigung dieser beiden Verkehrsanstalten mit dem Postdienste nur geringe Schwierigkeiten veranlaßt. „Uncle Sam" hätte natürlich ebenso gute, wenn nicht bessere Gehalte zahlen können, als die Aktiengesellschaften, welche früher den Eisenbahn- und Telegraphendienst leiteten."

„Das klingt ganz annehmbar."

„Und es ist annehmbar. Deutschland hatte mit der Vereinigung des Post-, Eisenbahn- und Telegraphendienstes unter Staatsleitung bereits eine erfolgreiche Probe zu der Zeit gemacht, da man 1887 schrieb. — Es ist in der That höchst bemerkenswert, daß ein so weltkluges, thatkräftiges und handeltreibendes Volk, wie das der Ver. Staaten am Ende des neunzehnten Jahrhunderts, die Hauptverkehrsmittel in den Händen von Körperschaften ließ, welche dieselben natürlich zu dem Zwecke verwalteten, möglichst großen Gewinn herauszuwirtschaften; mitunter auch einen Nebengewinn für einen Direktorenring."

„In manchen Geschichtswerken Ihrer Zeit," fuhr Forest fort, „begegnet man Äußerungen des Erstaunens und des Zorns darüber, daß im vierzehnten und fünfzehnten Jahrhundert in manchen europäischen Ländern sogenannte Raubritter ihr Unwesen treiben durften. Diese Biedermänner hielten die unter ihren Schlössern vorbeiziehenden Kaufleute und Reisenden an, forderten einen Zoll und lieferten ihnen unter Umständen dafür Schutz innerhalb gewisser Grenzen. Dies waren die „Geschäftsgrundsätze" der „anständigen" Raubritter. Die „unanständigen" plünderten die Reisenden einfach aus, unterschieden sich also in keiner Weise von gewöhnlichen Straßenräubern. Wir haben es hier nur mit den Rittern zu thun, welche für die Benutzung der über ihr Gebiet führenden Straßen eigenmächtig einen Zoll erhoben. Diese Herren wagten ihre gesunden Gliedmaßen, ja ihr Leben an die Eintreibung eines Wegezolles; denn die Kaufleute wußten mit Schwert und Lanze umzugehen, hatten oft bewaffnete Knechte mit sich und leisteten häufig erfolgreichen Widerstand. Mehr als ein Ritter fiel bei seinem Versuche, Zoll zu erheben, im Kampf auf der Landstraße, manches „Raubschloß", dessen Insassen den benachbarten Städten besonders beschwerlich geworden waren, wurde von den Bürgern gestürmt, und der Herr Raubritter büßte seine Gelüste nach Zöllen mit dem Tode. Anders war es zu Ihrer Zeit. Die Herren, welche damals Zölle von den Reisenden und von den Waren erhoben, die über die Hauptverkehrsstraßen befördert wurden, konnten das ohne alle Gefahr thun. Sie durften diese Zölle auch fast nach Belieben steigern. Alles, was sie zu diesem Zweck zu thun hatten, war die Veranstaltung einer Zusammenkunft der Eisenbahnpräsidenten da oder dort und die Annahme des Beschlusses, daß sie die Preise für die Beförderung von Reisenden und Frachtgütern erhöhen wollten. Solche Zusammenkünfte hatten nur dann üble Folgen, wenn der Champagner schlecht war, welcher bei diesen Gelegenheiten getrunken wurde. Es war ein fast lächerlicher Zustand, daß ein handeltreibendes Volk den gesamten riesigen Personen- und Frachtverkehr des Landes der Willkür von Dividenden machenden Gesellschaften preisgab, und es legt ein gutes Zeugnis für das Billigkeitsgefühl der Eisenbahnbeherrscher im Jahre 1887 ab, daß dieselben das Volk so gut behandelten, wie es geschah; da sie ja eigentlich thun und lassen konnte, was ihnen beliebte."

„Die Gas- und Wasserwerke, sowie die Straßenbahnlinien hätten Sie vermutlich unter die Leitung der Stadtverwaltungen gestellt," fragte ich.

„Allerdings," antwortete Forest. „Aber ehe ich mich mit städtischen Angelegenheiten befaßt hätte, würde ich unter die Bundesverwaltung auch noch diejenigen Wald- und Bergwerksländereien gestellt haben, welche damals den Ver. Staaten noch gehörten, d. h. ich würde eine geordnete Forst- und Bergwerkswirtschaft eingeführt haben. Wenn das Volk der Ver. Staaten einigermaßen vernünftig mit den ungeheuren Wäldern gewirtschaftet hätte, welche früher weite Gebiete dieses großen Landes bedeckten, so würden wir jetzt, im Jahre 2000, nicht an Holzmangel leiden."

„Was würden Sie mit den Bankiers und mit den Kaufleuten angefangen haben?"

„Nichts," entgegnete Forest. „Die zahlreichen Produktivgenossenschaften hätten nicht nur Männer gebraucht, welche den Betrieb der Fabrik leiten konnten, sondern auch Geschäftsführer und Buchhalter. Denn die Arbeiter würden sehr bald die Entdeckung gemacht haben, daß die Handarbeit allein nicht genügt, um ein großes Unternehmen mit Erfolg und zum Nutzen aller Beteiligten zu betreiben. Als Geschäftsleiter und Buchhalter hätten viele Bankiers und Buchführer wieder Anstellung gefunden. Die Eigentümer von Läden aller Art hätten, falls von den Produktivgenossenschaften Verbrauchsvereine begründet worden wären, die alle Waren hielten, wie zu Ihrer Zeit die sogenannten „Country Stores", sehr leicht Anstellung finden können, nachdem sie ihren Warenvorrat verkauft hatten."

„Ich glaube, daß unter Ihrem System alle Läden gezwungen worden wären, ihre Thüren zu schließen," bemerkte ich. „Denn die verschiedenen Gewerkschaften hätten ganz sicher eigne Läden eingerichtet, alle Waren im großen gekauft und den Mitgliedern der Genossenschaften mit kleinem Gewinn wieder verkauft. Mit solchen Geschäften hätten die Kaufleute natürlich nicht konkurrieren können. Diejenigen Ladenbesitzer, welche nicht imstande gewesen wären, Anstellungen in den Geschäften der Genossenschaften zu erlangen, hätten sich nach anderer Arbeit umsehen müssen — für viele derselben ein hartes Los!"

„Der Übergang von dem Betrieb der Industrie auf Rechnung einzelner Leute oder Aktiengesellschaften zu dem Betrieb durch Produktivgenossenschaften wäre sicher kein plötzlicher gewesen, sondern allmählich geschehen," erklärte Forest. „Dadurch hätten die Kaufleute vielleicht dreißig oder fünfzig Jahre Zeit gefunden, sich in die neue Ordnung der Dinge zu schicken. Ihre Kinder hätten sich, anstatt Kaufleute zu werden, den Gewerkschaften anschließen können. Außerdem liegt kein Grund zu der Annahme vor, daß aller kaufmännischen Thätigkeit einzelner durch die Läden der Verbrauchsgenossenschaften ein Ende gemacht werden müßte. Die Billigkeit einer Ware allein sichert ihr nicht unter allen Umständen die Käufer. Der Geschmack beim Einkaufe hat sehr viel damit zu thun und viele Leute zahlen lieber für einen Gegenstand, der ihnen gefällt, etwas mehr, als für einen andern, der eben so zweckentsprechend, aber nicht so hübsch ist. Deshalb hätten Kaufleute, die beim Einkauf ihrer Waren feinen Geschmack entwickelten, immer auf Kundschaft zählen können, allen Genossenschaftsläden zum Trotz. — Auch in vielen Landbezirken hätten sich Läden einzelner Kaufleute wohl halten können."

„Sie sagten, Sie würden ein Bundesgesetz erlassen haben, demzufolge niemand mehr als 40 Äcker Land besitzen sollte," sagte ich. „Hätten Sie auch das Recht der Städter auf Besitz von Grundeigentum beschränkt?"

„Der Besitz eines Hauses hätte jeden billig denkenden Menschen befriedigen sollen," entgegnete Forest. „Niemand kann in Abrede stellen, daß die Ansammlung von Reichtümern, die sich in die Millionen beliefen, in den Händen einzelner, während andererseits viele nicht die nötigsten Lebensbedürfnisse hatten, diesem verdammenswerten Kommunismus vorarbeitete, ihn ermöglichte."

„Wie hätten Sie aber die Ansammlung von großen Reichtümern verhindern wollen?" fragte ich neugierig.

„Durch Änderung des Steuerwesens," antwortete Forest. „An Stelle mancher Steuern, welche Sie erhoben, und welche großenteils den Unbemittelten mehr belasteten als den Reichen, hätte ich eine Erbschaftssteuer eingeführt, die zur Aufrechterhaltung der Bundes-, Staats- und Gemeinderegierungen beigetragen hätte. Ich würde eine Steuer von einem Prozent auf jede Erbschaft vorgeschlagen haben, welche jemandem zufiel und sich auf nicht mehr als 10 000 Dollars belief. Eine Erbschaft von 20 000 Dollars würde ich mit zwei Prozent besteuert haben, 30 000 Dollars mit drei Prozent, 100 000 Dollars mit zehn Prozent, 200 000 Dollars mit zwanzig Prozent, 500 000 Dollars mit fünfzig Prozent. Hätte jemand ein so großes Vermögen hinterlassen, daß auf jeden Erben mehr als 500 000 Dollars (d. h. nach Abzug der Erbschaftssteuer 250 000 Dollars) entfallen wären, so würde der Überschuß als ein Erbteil der Menschheit angesehen zur Bestreitung der Bundes-, Staats- und Gemeindeausgaben verwendet worden sein."

„Würde ein solches Gesetz nicht als ein Abkühlungsmittel auf den Unternehmungsgeist gewirkt und den Wettbewerb gelähmt haben, den Sie stets als den Urquell alles menschlichen Fortschritts preisen?" fragte ich.

„Es hätte nur die Ansammlung ungeheurer Vermögen verhindert und den Wettbewerb nicht gehindert, sondern im Gegenteile geschützt," gab Forest zur Antwort. „Leute, welche zwanzig, oder fünfzig Millionen Dollars besaßen und diese großen Geldmittel rücksichtslos im „Kampfe um das Dasein" verwendeten, waren gefährlicher, als Diebe und Einbrecher. Sie konnten jede Konkurrenz weniger bemittelter Bewerber vernichten und oft bedienten sie sich erbarmungslos ihrer Macht. Sie traten den Wettbewerb tot, vermehrten ihre Millionen und bahnten dem fluchwürdigen Kommunismus den Weg. War es nicht ein großes Unrecht, daß ein Mensch, welcher durch allerlei Mittel ein großes Vermögen angesammelt hatte, dieses unverkürzt einem Sohne hinterlassen konnte, letzteren in den Stand setzend, die Abschlachtung der Konkurrenten und die Vermehrung der Millionen fortzusetzen? Was konnte der tüchtigste Mensch in vielen Berufszweigen erzielen, wenn er auf einen anderen Menschen stieß, der vielleicht geringere Fähigkeiten, aber viel Geld und kein Gewissen besaß und seine Millionen in der rücksichtslosesten Weise zum Verderben seiner Konkurrenten benützte. — Nein! Reiche Eltern mögen immer für ihre Kinder ein ansehnliches Vermögen hinterlassen, welches ihre Lieblinge gegen Nahrungssorgen sicher stellt; aber sie sollten ihre Kinder nicht in den Stand setzen, die Kinder ärmerer Eltern im Kampfe ums Dasein an die Wand zu drücken und im Wettbewerb töten."

„Eine solche Erbschaftssteuer würde in meiner Zeit erbitterten Widerstand gefunden haben," bemerkte ich.

„Wohl möglich," entgegnete Forest. „Wahrscheinlich hätten

jene kurzsichtigen Millionäre, welche durch ihr Treiben den Kommunismus heraufbeschworen, Einwand dagegen erhoben. Ich bin nichts destoweniger der Meinung, daß solch ein Gesetz nicht nur der Menschheit im allgemeinen, sondern auch den Kindern der Millionäre genützt haben würde. Nur ein Gesetz dieser Art, welches die Zertrümmerung der Riesenvermögen bewirkt haben würde, hätte den Ansturm des Kommunismus und der Anarchie zurückwerfen können. Jemand, der 250 000 Dollars erbte, hätte mit dieser Summe wohl zufrieden sein und den Überschuß der Erbschaft dem Gemeinwesen willig abgeben können. Durch Aufopferung eines Teiles der Erbschaft hätten die Erben jener Riesenvermögen den Rest gerettet und den Kommunismus geschwächt. Außerdem erscheint es mir sehr zweifelhaft, daß der Besitz großer Reichtümer deren Eigentümer gut, oder glücklich machte."

„Wenn im Jahre 1887 in den Ver. Staaten ein solches Gesetz erlassen worden wäre, würden die meisten Millionäre ihren Besitz zu Gelde gemacht haben und nach Europa ausgewandert sein," wendete ich den Auseinandersetzungen Forests gegenüber ein.

Dieser erwiderte: „Das glaube ich auch. Aber derjenige, der einen großen Besitz antritt, den er nicht erworben hat, kann sehr wohl eine hohe Abgabe an die Gemeinde entrichten und die durch eine derartige Erbschaftssteuer bewirkte Zerstücklung der großen Vermögen hätte den kommunistischen Wühlereien die Spitze abgebrochen. Selbstverständlich hätte eine solche Steuer nach vorangegangenen internationalen Verhandlungen in allen größeren Kulturstaaten gleichzeitig eingeführt werden müssen."

„Die Versuchung, die hohe Abgabe zu vermeiden, würde sehr groß gewesen sein," machte ich geltend. „Viele Leute würden es versucht haben, die Steuer teilweise zu umgehen, indem sie die Erbschaften den Behörden gegenüber kleiner angaben, als sie wirklich waren; oder indem sie schon bei Lebzeiten ihren Kindern und Verwandten einen Teil der Erbschaft schenkten."

„Der Versuch der Steuerbetrügerei hätte mit Wegnahme des gesamten Eigentums bestraft werden können," sagte Forest, „die Geschenke dagegen hätten ebenso besteuert werden können, wie die Erbschaften. Angesichts der Gerechtigkeit und der wohlthätigen Wirkungen eines solchen Gesetzes hätte man einige Beschwerlichkeiten in der Durchführung schon mit in den Kauf nehmen können; zumal diese Schwierigkeiten sich nur anfangs schroff geltend gemacht haben würden. Sobald der Betrieb der Eisenbahn- und Telegraphenlinien an die Ver. Staaten, der Betrieb der Industrie und der Handel mit Lebensbedürfnissen dagegen an die Genossenschaften übergegangen wäre, würden Vermögen im Betrage von 50 oder 100 Millionen Dollars zu den gewesenen Dingen gehört haben; denn alle diese Einrichtungen hätten ebenso wohl der Verarmung wie der Anhäufung großer Reichtümer entgegen gewirkt. Die Zahl der Agenten und Zwischenhändler würde bedeutend vermindert worden sein, jeder Mann wäre zu einer nutzbringenden Thätigkeit ermutigt worden und würde einen Lohn empfangen haben, welcher der Güte und Menge seiner Leistungen entsprochen hätte."

„Würden nicht solche Cliquen und Sippen sich gebildet haben, wie diejenigen, welche nach Ihrer Behauptung Ihre Regierung beeinflussen?" fragte ich. „Und würden diese Sippen nicht die Leitung der Fabrikations- und Verbrauchsgenossenschaften an sich gerissen haben? Hätten nicht Cliquen den guten Arbeiter zu gering, den begünstigten schlechten Arbeiter zu hoch bezahlen können?"

„Solche Fälle hätten wohl eintreten können, würden aber

zur Folge gehabt haben, daß die tüchtigen Arbeiter eine Genossenschaft verlassen hätten, in welcher sie zu Gunsten der Faulenzer und Pfuscher betrogen wurden. Sie hätten leicht Aufnahme in einer andern Genossenschaft gefunden; denn gute Arbeiter werden überall da gewürdigt, wo der Wettbewerb herrscht. Dagegen würde eine Genossenschaft, welche ihre tüchtigsten Arbeiter vertrieben hätte, in ihren Leistungen zurückgegangen und unfähig geworden sein, den Wettbewerb ferner auszuhalten. Derartige Schwierigkeiten würden sich also sehr leicht ausgeglichen haben."

„Natürlich müssen Sie auf Gegenseitigkeit beruhende Versicherungsgesellschaften unter den Berufsgenossenschaften befürworten, Gesellschaften, welche alle Beteiligten gegen Unfälle, Krankheiten, Arbeitsunfähigkeit jeder Art sicher stellten und in einem gewissen Alter eine Pension gewährten," sagte ich. „Und wahrscheinlich würden diese Versicherungsgesellschaften auch Feuer- und Lebenspolicen ausgestellt haben."

„Dies würde allerdings eine Folge des Systems gewesen sein, welches die wenigen Vorteile, die der Kommunismus bietet, mit den Wohlthaten vereint, die aus dem Wettbewerbe erwachsen," antwortete Forest.

„Würden Sie die Einwanderung ermutigt haben?" fragte ich weiter. „Am Ende des neunzehnten Jahrhunderts waren viele ehrliche, wohlmeinende, durchaus nicht engherzige Leute, die niemand des Fremdenhasses beschuldigen durfte, der Ansicht, daß die Ver. Staaten alle fremden Elemente aufgenommen hätten, welche sie allenfalls verdauen konnten und daß der Rest der Bundesländereien für die Kinder der Bewohner der Ver. Staaten aufgehoben werden sollte. Die Abneigung gegen weitere Einwanderung war großenteils durch die deutschen und irischen ‚Dynamiteriche' verschuldet worden."

„Ich kann mir vorstellen," entgegnete Forest, „daß manche Sitten und Schrullen der Einwanderer Ihrer Zeit den eingeborenen Amerikanern anstößig erschienen, und daß die Verbrechen der Dynamitwüteriche gegen die Gesetze des Landes, das sie gastfrei aufgenommen hatte, eine tiefe Entrüstung bei den Angloamerikanern hervorgerufen haben mußten. Nichts destoweniger glaube ich, daß Ihre Zeitgenossen alle Ursache hatten, die Einwanderung zu ermutigen. Strenge Handhabung der Gesetze gegen a l l e Übertreter derselben, gegen die e i n g e b o r e n e n sowohl, wie gegen die e i n g e w a n d e r t e n, würde dem Lande sehr wohl gethan und alle Versuche überflüssig gemacht haben, die Einwanderung zu beschränken. Die wirklich anstößigen Einwanderer hätte man doch nicht aus dem Lande halten können, wenn sie hinein wollten; denn diese Leute wären, falls man ihnen die Häfen der Ver. Staaten verschlossen hätte, über Mexico oder Canada eingewandert."

„Dieselben Gründe wurden zu meiner Zeit vielfach geltend gemacht," bemerkte ich zustimmend.

„Das vergleichsweise geringe Unheil, welches die Einwanderer anrichteten, wurde ganz in den Schatten gestellt durch den großen Nutzen, welcher dem Volke der Ver. Staaten aus dem europäischen Menschenstrom erwuchs," fuhr Forest fort. „Die einfache Thatsache, daß Hunderttausende gesunder Menschen, deren Aufzucht und Erziehung den europäischen Ländern mehrere hundert Millionen Dollars gekostet hatte, den amerikanischen Boden betraten, war ein großer Gewinn für die Ver. Staaten. Die bloße Anwesenheit dieser Männer und Frauen erhöhte den Wert des Landes da, wo sie sich niederließen; so die Grundeigentümer bereichernd. Viele der Einwanderer waren geschulte Arbeiter und Handwerker, andere Künstler und Gelehrte. Alle diese Männer und Frauen waren aber mit den Sitten, den Geschäftsgebräuchen, den Landesverhältnissen und oft auch mit der englischen Sprache nicht vertraut. Sie mußten daher fast ausnahmslos beim B e g i n n ihrer amerikanischen Thätigkeit die untersten Plätze im amerikanischen Erwerbsleben einnehmen. Dadurch erhoben sie naturgemäß alle diejenigen, welche schon in den Ver. Staaten wohnten, zu mehr oder weniger höheren Stellungen im Leben."

„Viele dieser Leute, welche aus allen Teilen Europas hierher kamen, waren befähigte und gebildete Menschen, welche mit der Zeit erfolgreiche Mitbewerber der älteren Ansiedler wurden. Aber der beständige Menschenstrom, welcher sich aus den europäischen Ländern nach den Ver. Staaten ergoß, bereicherte und erhob doch beständig das amerikanische Volk und alle die Schläge, welche gegen die Einwanderung gerichtet wurden, waren deshalb unklug. Die Gesetzgeber, welche solche Maßregeln befürworteten, erinnern mich an den Mann, welcher eine Gans schlachten wollte, die jeden Tag ein goldenes Ei legte."

Nach einer kurzen Pause schloß Forest seine Auseinandersetzungen folgendermaßen: „Es ist natürlich ganz unmöglich, irgend welche Vorschläge zur Umgestaltung der Gesellschaft zu entwickeln, welche sich allgemeiner Zustimmung erfreuen könnten. Ich behaupte indes, daß alle solche Vorschläge zwei leitende Grundsätze verkörpern müssen. Alle Verbesserungsvorschläge sollten den Zweck haben, a u s d e r m e n s c h l i c h e n G e s e l l s c h a f t d i e u n v e r s c h u l d e t e A r m u t z u v e r b a n n e n, indem sie die Furcht vor derselben durch zweckmäßige Versicherungseinrichtungen beseitigen und sie sollten den W e t t b e w e r b e r h a l t e n, die gewaltige Kraft, welche beständig jedermann anspornt, seine besten Kräfte einzusetzen, um sich selbst und die Menschheit auf einen höheren Standpunkt zu erheben."

Achtes Kapitel.

Als ich Herrn Forest nach unserer letzten Unterredung verlassen hatte, war ich teils durch seine Auseinandersetzungen, teils durch meine eigenen Wahrnehmungen überzeugt worden, daß der Kommunismus nicht, wie Dr. Leete behauptete, das tausendjährige Reich menschlicher Glückseligkeit herbeigeführt, sondern im Gegenteil die Menschheit in vielen Beziehungen erniedrigt hatte.

Es war mir klar, daß ich mit Dr. Leete offen über den Wechsel meiner Ansichten sprechen und meine Stellung als Professor im Shawmut-College aufgeben mußte, ohne Rücksicht auf die jedenfalls unausbleiblichen übeln Folgen.

Dr. Leete hatte mich mit großer Güte behandelt. Ich war überzeugt, daß mein liebenswürdiger Gastfreund mir auch dann seine Freundschaft geschenkt haben würde, wenn ich mich nicht gleich vom Anbeginn für den Kommunismus begeistert hätte. Er würde andere Ansichten sicherlich geduldet haben, wenn ich nur die Regierung nicht offen bekämpft hätte. Vielleicht hätte er sogar in meine Verbindung mit Edith gewilligt. Ganz anders lagen aber die Verhältnisse jetzt. Der Wechsel meiner Ansichten mußte für Dr. Leete im höchsten Grade unangenehm werden. Er hatte mich als einen Mann empfohlen, der sich besonders zum Nachfolger Forests als Professor der Geschichte des neunzehnten Jahrhunderts eigne. Meine Ernennung war lediglich eine Folge seiner Empfehlung und mein Abfall vom Kommunismus mußte notwendigerweise das Ansehen schädigen, dessen Dr. Leete sich bisher erfreute. Es war mir nicht zweifelhaft, daß mein Gastfreund das tief empfinden würde. Mein plötzlicher Meinungswechsel in Bezug auf die

Gesellschaftsordnung war ja nur eine Folge meiner Unkenntnis volkswirtschaftlicher und gesellschaftlicher Lehren und Erfahrungen. Nichts destoweniger mußte mein Abfall mir in der Leete'schen Familie und in den politischen Kreisen außerordentlich schaden. War man nicht gezwungen, mich für einen oberflächlichen, faden und undankbaren Menschen zu halten, der sich nicht nur in wenigen Wochen aus einem begeisterten Anhänger der Gütergemeinschaft in einen entschiedenen Gegner dieser Lehre verwandelt, sondern durch sein Verhalten auch seinen wohlwollenden Freund in eine sehr peinliche Lage gebracht hatte?

Und was mußte Edith von meinem Gesinnungswechsel und von meinem Rücktritt aus der Professur denken? Sie liebte und verehrte ihren Vater. Würde ihre junge Neigung zu mir sich in diesem schweren Kampfe lebenskräftig zeigen? Meine blinde Begeisterung für die neue Ordnung der Dinge war von der Regierungspresse dem ganzen Lande verkündet worden. Man hatte besonderes Gewicht darauf gelegt, daß gerade ich, ein lebender Zeuge der früheren Gesellschaftsordnung, ein fanatischer Anhänger des Kommunismus geworden wäre. Mein Abfall von dieser Lehre, gleich nachdem ich mit ihr und den Folgen ihrer Durchführung näher vertraut geworden war, versetzte die Presse der Regierung in eine sehr peinliche, fast komische Lage. Es war vorauszusehen, daß man mich als einen grundsatzlosen Demagogen, vielleicht sogar als einen gefährlichen Schurken behandeln würde. Ich mußte natürlich erwarten, daß man mich in die zweite Abteilung eines dritten Grades stecken und mir die denkbar unangenehmste Arbeit zuerteilen würde; — wenn man mich nicht gar in ein Tollhaus brachte. Konnte ich noch daran denken, Edith Leete, welche im Hause ihres angesehenen Vaters wie eine Blume in einem wohlgepflegten

Garten aufgewachsen war, aufzufordern, das Schicksal eines Mannes zu teilen, der von den Menschen entweder als ein flachköpfiger Schwätzer oder als ein grundsatzloser Heuchler angesehen werden mußte, für den eine Stellung in der zweiten Abteilung des dritten Grades eigentlich noch viel zu gut war?

Die Furcht, Ediths Liebe zu verlieren, drängte eine Zeitlang alle meine andern Gedanken in den Hintergrund; denn in Edith Leete liebte ich Edith Bartlett und die Vorstellung, daß Edith sich von mir abwenden könnte, legte sich wie ein Alp auf mein Herz. Niemals in meinem Leben hatte ich mich so hoffnungslos elend gefühlt, wie auf meinem Wege zum Hause des Dr. Leete nach meiner letzten Unterredung mit Herrn Forest.

Einen Augenblick erwog ich den Gedanken, meinem elenden, aussichtslosen Dasein mit eigener Hand ein Ende zu machen; dann aber entschloß ich mich, mein Schicksal wie ein Mann zu tragen. So schritt ich denn Dr. Leetes Hause zu, entschlossen, meine Freunde nicht zu täuschen und meine Schuldigkeit als Mann von Ehre zu thun.

Ich fand Dr. Leete, der sonst immer freundlich und gefaßt erschien, in aufgeregter Stimmung. Er blickte sorgenvoll und drohend zugleich drein. Ehe ich ihn anreden konnte, blieb er auf dem Wege durch das Zimmer vor mir stehen und sagte:

„Ich habe die glaubwürdige Nachricht erhalten, daß unser gemeinschaftlicher Freund Fest einen Aufstand der Radikalen veranlassen möchte. Während der letzten Tage haben mehrere geheime Versammlungen stattgefunden und ich weiß, daß Fest die Absicht hat, den Anfang hier in Boston zu machen."

„Wie wollen Sie sein Vorhaben vereiteln?" fragte ich. „Wollen Sie die Bürger aufrufen und die Verschwörer verhaften lassen? Ich stehe jedenfalls zu Ihren Diensten," fügte ich hinzu, sehr froh, meinem Gastfreunde wenigstens gegen die Radikalen dienstwillig sein zu können. Denn ich verabscheute deren Lehren noch mehr als deren Führer.

„Ich bezweifle, daß es politisch klug wäre, einen Aufruf an die Bürger zu erlassen," entgegnete der Doktor. „Durch einen solchen Schritt würde man der Verschwörung zu viel Bedeutung verleihen. Ich wollte, ich hätte diesen Fest unter ärztliche Behandlung gestellt, gleich nachdem er zum letztenmale mein Haus verließ. Er allein ist gefährlich. Sein Anhang bedeutet an sich nicht viel. Aber unter der Führung eines Menschen, der, wie Fest, eine gewisse rohe Beredsamkeit mit Kühnheit und persönlicher Kraft verbindet, kann eine Empörung immerhin gefährlich werden. Um das zu verhüten, habe ich Auftrag gegeben, den Hauptverschwörer zu verhaften und ihn an einem sichern Platze unter ärztliche Behandlung zu nehmen."

Ich konnte diesen Schritt nicht gutheißen, obschon derselbe Erfolg versprach. Unangenehm berührte es mich, daß man einen politischen Feind nicht offen als solchen behandeln und unschädlich machen wollte, sondern daß man auch hier wieder von Heilanstalt und ärztlicher Behandlung faselte. Ich hielt es indes für nutzlos, in diesem Augenblicke meine Ansichten über diese Behandlungsart politischer Gegner auseinander zu setzen und fragte Herrn Leete nur, ob er einige Minuten für meine Angelegenheiten übrig habe. Ich hielt es für meine Pflicht, nunmehr offen mit Ediths Vater zu sprechen.

Mit seiner gewöhnlichen Güte wandte Dr. Leete sich zu mir und bat mich, wenn es mir nicht unangenehm sei, die Unterredung auf den nächsten Morgen zu verschieben.

Ich gab meine Zustimmung.

Wir gingen in das Speisezimmer und setzten uns zu Tische.

Frau Leete hatte aus dem Kochhause ein leichtes Abendbrot holen lassen; aber niemand bekundete irgendwelche Eßlust. Wir alle waren in unruhiger Stimmung.

Dr. Leete blickte auf seine Uhr.

„Fest sollte sich jetzt bereits unter der Obhut der Beamten und Ärzte befinden," sagte er. „Ich erwarte einen Bericht."

Nachdem einige weitere Minuten in unruhiger Erwartung vergangen waren, hörten wir Lärm auf der Straße. Eine große Volksmenge schien sich dem Hause zu nähern.

Die Hausthür wurde geöffnet und ein lärmender Volkshaufe füllte den Flur sowie das Speisezimmer. An der Spitze befand sich Fest, welcher offenbar einen heißen Kampf bestanden hatte. Sein wollenes Hemd war zerrissen und das Schlächterbeil, welches er in seiner Rechten hielt, triefte von Blut.

„Hier bin ich wieder, Dr. Leete," rief er mit seiner mächtigen, etwas heisern Stimme. „Ich habe Sie gewarnt und Ihnen gesagt, daß ich Ihr Haus nie wieder als Freund betreten würde. Und da Sie, verfluchter alter heuchlerischer Tyrann Befehl gegeben haben, mich gesunden Menschen in ein Tollhaus zu sperren, so habe ich beschlossen, daß Sie heute Abend noch sterben sollen. Das Volk von Boston soll von Ihrer Tyrannei befreit werden."

Ich ergriff ein Messer und trat an Dr. Leetes Seite, entschlossen, ihn mit meinem Leibe zu decken.

Aber in diesem Augenblicke wurde die Aufmerksamkeit des Menschenhaufens durch Forest in Anspruch genommen, der sich durch die Menge drängte, auf den Eßtisch sprang und ohne Zeitverlust rief: „Ihr alle kennt mich und wißt, daß ich ein Feind dieses Mannes bin." Dabei wies er auf Dr. Leete. „Weil ich unsere elende Regierung nicht verteidigen wollte, wurde ich aus meiner Professorenstellung verdrängt und Dr. Leete war es, der mir eine Hausknechtsstelle in der Universität anwies."

„Das sieht dem miserablen alten Kerl ähnlich," schrie ein schmutzig aussehender Bursche.

„Deshalb sage ich: Nieder mit einer Regierung, welche die freie Rede erwürgen wollte!" redete Forest weiter. „Nieder mit der Tyrannei! Aber laßt uns diesen jämmerlichen alten Sünder nicht abschlachten. Es ist kräftiger, bewaffneter Männer, wie wir es sind, ganz unwürdig, einen unbewaffneten, alten Menschen zu töten. Wir wollen ihn in dasselbe Tollhaus sperren, in welches er unseren Freund Fest schicken wollte."

„Ja! So ist es recht! Sperrt ihn in ein Tollhaus!" brüllten die Radikalen.

Es war klar, daß Forest versuchte, Dr. Leetes Leben zu retten. Mein Blick glitt zu Edith hinüber. Sie war totenbleich, aber gefaßt. Sie hatte ihren linken Arm um ihren Vater geschlungen und ihr Auge begegnete dem meinigen freundlich wie immer. Unglücklicherweise bemerkte Fest diesen Blick Ediths und seine Eifersucht brach mit erneuter Wut los.

„Ihr verdammten Narren," schrie er mit vor Grimm fast erstickter Stimme. „Merkt ihr denn nicht, daß dieser Forest den Versuch macht, das Leben jenes verschmitzten und gefährlichen alten Tyrannen zu retten? Aber das soll ihm nicht gelingen. Als meinen Anteil an der Beute verlange ich das Leben Leetes und seine lebendige Tochter."

„Thue, was du willst, Bob," riefen einige aus dem Haufen.

„Verlassen Sie dieses Haus, Forest," befahl Robert Fest. „Ich hege keinen Groll gegen Sie. Wenn Sie aber meinen Weg kreuzen, werden Sie die Folgen zu tragen haben."

„So lange ich lebe, sollen Sie in diesem Hause und an diesem alten Manne nicht zum Mörder werden," entgegnete Forest. „Sie sollten sich schämen, Fest! Ihr Benehmen ist eines Mannes von Ehre ganz unwürdig."

„Schweig, du Narr," schrie Fest wütend. „Der heuchlerische Schurke Leete hat das Volk lange genug geknechtet. Er muß sterben und wenn du dich nicht aus dem Wege machst, wirst du mit ihm zur Hölle fahren."

Ein Zorn, wie ich ihn nie zuvor empfunden, riß mich hin.

„Was hat dieser alte Mann gethan, um deinen Blutdurst zu erregen, du gemeiner, grausamer Feigling," rief ich, auf Fest zuspringend, um ihm mein Messer in die Brust zu stoßen. Aber ein Dutzend Fäuste entwaffnete mich, während Fest befahl:

„Steckt den Jubelgreis in einen Sack und werft ihn in den Hafen. Obschon ich in den Augen des Professors kein Mann von Ehre bin, halte ich doch mein Wort und ich habe dem ausgegrabenen Gespenst versprochen, daß ich es wie einen jungen Hund ersäufen würde, wenn er mir wieder zwischen die Beine läuft."

Er erhob seine blutige Axt und schritt auf Dr. Leete zu, der bewegungslos dastand, seine grauen Augen auf den rohen Feind gerichtet.

Noch einmal versuchte Forest das Leben des alten Herrn zu retten, indem er sich vor diesen stellte; aber ein Kerl mit struppigem Bart und kleinen, viehisch funkelnden Augen begrub ein langes Messer in Forests treuer Brust. Mit den Worten: „Wir sind quitt, Leete," stürzte er zu Boden.

Edith rang mit zwei Männern, welche versuchten, sie von ihrem Vater fortzuführen, als Fests Fleischeraxt auf das graue Haupt Dr. Leetes niederfiel.

Ohne einen Laut von sich zu geben, brach er tot zusammen.

Edith stieß einen lauten Schrei aus und verlor die Besinnung. Fest fing sie in seinem mit dem Blute ihres Vaters bespritzten Arme auf.

„Sie weigerte sich, mein Weib zu werden," sagte er mit einem gleichzeitig rohen und boshaften Grinsen. „Jetzt ist sie mein, ohne die alberne Eheschließerei."

Und während er, Edith forttragend, zur Thür schritt, rief er seinen Genossen zu: „Schlagt alle Freunde der Regierung tot, meine Jungen! In einer Stunde werde ich euch auf dem Rathause treffen."

Ich machte eine letzte, verzweifelte Anstrengung, die Männer von mir abzuschütteln, welche mich festhielten und — erwachte am 31. Mai 1887 in meinem Bette. An meiner Seite befanden sich ein Arzt und mein Diener Sawyer, welche längere Zeit vergeblich versucht hatten, mich aus meinem tiefen durch den Mesmeristen veranlaßten Schlaf zu erwecken.

Mehr als eine Stunde verging, bis ich mein Denkvermögen wieder erlangt hatte; dann aber machte ein tiefer Seufzer meiner Beklemmung ein Ende.

Mit Blitzesschnelle jagten alle Einzelheiten meines anziehenden und doch auch schrecklichen Traumes an meinem Geiste vorüber. Wiederum wog ich die Gründe, welche Dr. Leete und Forest für ihre Ansichten vorgeführt hatten, gegen einander ab und ich fühlte mich unendlich glücklich bei dem Bewußtsein, daß ich im neunzehnten Jahrhundert und nicht in dem Kommunistenstaate lebte, der mir wie ein riesiges Zuchthaus am Abende vor einem Aufstande der Sträflinge erschien.

„Lieber will ich doch in der Freiheit schwer arbeiten, als täglich in einem gefängnisartigen Dasein einige Stunden mehr müßig zu gehen," sagte ich, in Betrachtungen versunken, zu mir selbst. „Denn die Arbeit ist k e i n Ü b e l ! Und ehe ich mich unter die kommunistische Sklaverei beuge, will ich lieber einige Jahre länger thätig sein und auf einige Lebensannehmlichkeiten verzichten. Die meisten Genüsse, nach welchen wir streben, erscheinen ohnehin am begehrenswertesten, solange wir uns ihrer nicht erfreuen. Wenn wir das Erstrebte erreicht haben und an den Genuß gewöhnt sind, verliert er fast immer jeden Reiz."

Ich beschloß, künftighin mein bestes Können für die Förderung alles dessen einzusetzen, was der Menschheit zum Heile gereichen muß; vor allem aber zur Zufriedenheit zu mahnen, welche die einzige verläßliche Grundlage für menschliches Wohlbehagen bildet. Glückseligkeit ist ja viel unabhängiger von Wohlstand, als viele glauben; ja in Wirklichkeit scheitert das Wohlbehagen nur zu oft an Ruhm und Reichtum. Ob wir uns glücklich fühlen, oder nicht, das hängt großenteils von unserer Lebensauffassung ab.

Ende.

FUSSNOTEN:

[1] S. Reclam's Universal-Bibliothek Nr. 2661/62.

[2] Einzelne Stellen aus Bellamy's Buch, „Ein Rückblick" welche kennzeichnend für die Art und Weise sind, wie er Gegenwart und Zukunft beurteilt, teile ich in „Anführungszeichen" mit und gebe die Seiten an, auf welchen diese Sätze enthalten sind, wobei die in der „Universal-Bibliothek" (Verlag von Philipp Reclam jr., Leipzig) erschienene Übersetzung von G. v. Gizycki als Grundlage dient. Die als Fußnoten gegebenen Seitenzahlen weisen daher immer auf die erwähnte Übersetzung hin. Obiges ist auf Seite 224 zu finden.

[3] Seite 224.

[4] Seite 261.

[5] Seite 237.

[6] Seite 49.

[7] Seite 99.

[8] Seite 42 und 43.

[9] Seite 57.

[10] Seite 102.

[11] Seite 98 und 99.

[12] Seite 98 und 99.

[13] Seite 99.

[14] Seite 100.

[15] Seite 100.

[16] Seite 101.

[17] Seite 165-167.

[18] Seite 152.

[19] Seite 152 u. 153.

[20] Seite 70.

[21] Die erste amtliche Zählung in den Vereinigten Staaten wurde 1790 vorgenommen; man zählte 3 929 314 Einwohner. Im Jahre 1880 belief sich die Bevölkerung auf 50 155 738 und 1890 wird sie auf über 65 000 000 Seelen geschätzt. In hundert Jahren hat sie sich versechzehnfacht. Sollte der Zuwachs in gleichem Maße fortdauern, so würden 1990 in den Vereinigten Staaten und in Canada 1 040 000 000 Menschen leben. Ich habe die jährliche Bevölkerungszunahme aber auf nur zwei Prozent berechnet, wonach die Vereinigten Staaten und Canada im Jahre 2000 ungefähr 500 Millionen Einwohner haben würden.

[22] Seite 28.

[23] Seite 28.

[24] Seite 150.

[25] Seite 216.

[26] Seite 208.

[27] Seite 95.

[28] Seite 79.

[29] Seite 35.

[30] Seite 187.

[31] Seite 188.

[32] Seite 70.

[33] Seite 97.

[34] Seite 97.

[35] Seite 147.

[36] Seite 159.

Philipp Reclam's billigste Classiker-Ausgaben.

Börne's gesammelte Schriften. 3 Bände. Geh. 4 M. 50 Pf.
— In 3 eleg. Leinenbänden 6 M.

Byron's sämmtliche Werke. Frei übersetzt v. A d o l f
S e u b e r t. 3 Bände. Geheftet 4 M. 50 Pf. — In 3 eleg. Leinenbänden
6 M.

Goethe's sämmtliche Werke in 45 Bänden. Geh. 11 M.
— In 10 eleg. braunen Leinenbänden 18 M. — In 10 eleg. rothen
Leinenbänden 19 M.

Goethe's Werke. Auswahl. 16 Bände in 4 eleg.
Leinenbänden 6 M. — In 4 eleg. ro the n Leinenbänden 6 M. 50 Pf.

Grabbe's sämmtliche Werke. Herausgegeben von R u d.
G o tts c h a ll. 2 Bände. Geh. 3 M. — In 2 eleg. Leinenbänden 4 M.
20 Pf.

Hauff's sämmtliche Werke. 2 Bände. Geheftet 2 M. 25 Pf.
— In 2 eleg. Leinenbänden 3 M. 50 Pf.

Heine's sämmtliche Werke in 4 Bänden.
Herausgegeben von O. F. L a c h m a n n Geh. M. 3.60. — In 4
eleg. Ganzleinenbdn. 6 M.

Herder's ausgewählte Werke. Herausgegeben v. A d.
S te r n. 3 Bände. Geheftet 4 M. 50 Pf. — In 3 eleg. Leinenbänden 6
M.

H. v. Kleist's sämmtliche Werke. Herausgeg. v. E d.
G r i s e b a c h. 2 Bände. Geh. 1 M. 25 Pf. — In 1 eleg. Leinenband 1
M. 75 Pf.

Körner's sämmtliche Werke. Geh. 1 M. — In eleg. Lnbd. 1
M. 50 Pf.

Lenau's sämmtliche Werke. Herausgeg. v. G. E m i l
B a r t h e l. 2. Aufl. Geh. 1 M. 25 Pf. — In eleg. Leinenband 1 M. 75
Pf.

Lessing's Werke in 6 Bänden. Geheftet 3 M. — In 2 eleg.
Leinenbänden 4 M. 20 Pf. — In 3 Leinenbänden 5 M.

Lessing's poetische und dramatische Werke. Geheftet
1 M. — In eleg. Leinenband 1 M. 50 Pf.

Longfellow's sämmtliche poetische Werke. Uebersetzt
v. H e r m. S i m o n 2 Bde. Geh. 3 M. — In 2 eleg. Leinenbänden 4
M. 20 Pf.

Mignet, Geschichte der französischen Revolution.
Deutsch v. *Dr.* Fr. Köhler Mit 16 Illustrationen. In eleg.
Leinenband 2 M.

Milton's poetische Werke. Deutsch v. Adolf Böttger
Geh. 1 M. 50 Pf. — In eleg. rothen Leinenband 2 M. 25 Pf.

Molière's sämmtliche Werke. Herausgegeben v. E.
Schröder. 2 Bände. Geh. 3 M. — In 2 eleg. Leinenbänden 4 M. 20
Pf.

Schiller's sämmtliche Werke in 12 Bänden. Geh. 3 M.
— In 3 Halbleinenbdn. M. 4.50. — In 4 eleg. Leinenbdn. M. 5.40. —
In 4 eleg. Halbfranzbdn. 6 M. — In 4 eleg. rothen Ganzleinenbdn. 6
M.

Shakespeare's sämmtliche dramatische Werke.
Deutsch von Schlegel, Benda und Voß. 3 Bände. Geheftet 4 M.
50 Pf. — In 3 eleg. Leinenbänden 6 M.

www.ingramcontent.com/pod-product-compliance
Lightning Source LLC
Chambersburg PA
CBHW032014010726
47493CB00007B/2399